Kurt Svensson

„Vegvisir"

Magischer Navigationskompaß der isländischen

Wikinger mit skandinavischen Runen

(Abb. lizenzfrei)

Ole, der Wikinger

„ einmal umme Ärde "

Teil 2 - auf nach Island

Bibliographische Information der Deutschen Nationalbibliothek :
Die Deutsche Nationalbibliothek verzeichnet diese Publikation
In der Deutschen Nationalbibliographie ; detaillierte bibliographische
Daten sind im Internet über http://dnb.dnb.de abrufbar

Herstellung und Verlag
BoD - Books on Demand, Norderstedt
www.bod.de

ISBN : 9783746091112

Vorwort

Weltumsegelung auf eine ganz andere Art

In diesem Buch wird mal mit sehr viel Humor um die Welt gesegelt.
Alle Menschen streben nach Anerkennung, Ruhm und Erfolg, und das bitteschön immer in einem sehr hohen Tempo.
Wir pfeifen drauf, lass die anderen man machen.
Die wenigsten kommen da an, wo sie eigentlich hin wollen!

Wir wollen Lars, Ole, Anne, Willy, Fred, Farin, Jasper, Jeppe und Jelle begleiten und gehen einfach in Gedanken mit an Bord.
Wir werden auf einen amüsanten, aber auch spannenden Törn gehen, andere Menschen kennenlernen und wie das bei denen so abgeht.
Das heißt, wir werden die ausgetickertsten Typen dieser Welt treffen, uns in Gefahr begeben, aber alles meistern und viele neue Freunde finden.
Denn was wäre das Leben wert, wenn man keine Freunde hat!
Genau, nichts, und deshalb wollen wir auch nicht länger warten.
Leinen los und hoch mit de Plünn, Anker auf und ab geht die Post . . . .

. . . . . . „ einmal umme Ärde “ . . . . . .

. . . .zuerst auf nach Island . . . .

Inhaltsverzeichnis

In diesem Buch gibt es viele Begriffe von Segelschiffen. Um sie zu verstehen, wurde ein Extrablatt mit dem Abbild des Seglers hergestellt, mit dem Ole „umme Ärde" fährt .

Da dieses Blatt aber DIN A 4 groß ist, konnte es hier nicht hinein gedruckt werden.
Es ist zum Selbstdrucken kostenlos per Mail als PDF erhältlich unter : h.harpke@t-online.de

Kapitel 1 : Lars hat Sehnsucht

Lars hat Sehnsucht

Tja, nun ist das schon 12 Jahre her, dass die 6-jährigen Kinder Farin, Ede, Willy, Lars, Fred, Ole und Anne sich an der Spitze Dänemarks trafen.

12 Jahre, wie die Zeit vergeht! Aus den kleinen Kindern von damals sind nun richtige Leute geworden, doch trotz der langen Zeit, in der sie nun getrennt lebten, fuhr immer ein Stück Sehnsucht in ihnen mit, denn die Zeit, die sie miteinander verbracht hatten, konnte und wollte keiner von ihnen vergessen.

Lars hatte es nicht so leicht gehabt, seitdem Ole und Anne nach Norwegen gegangen waren. Er hing sehr an den beiden und nun war er gefühlt wieder ganz alleine, trotz der Nähe der anderen Kumpels. Farin war Bauer mit Leib und Seele, Ede war Bäcker geworden und verkaufte nun das Brot vom eigenen Hof. Fred buddelte in der Erde und keiner wusste genau warum, das lag ihm wohl im Blut, und Willy bastelte sich immer irgendwie Kamelle zusammen, er war Süßwarenfabrikant geworden. Nur Lars war traurig, dabei musste er das überhaupt nicht sein; er war Fischer geworden wie sein Vater und er war sehr gut in seinem Job. Er hatte sich eines Tages mit Knut zusammen getan und ein großes Fischereigeschäft aufgezogen. Knut war nach Esbjerg gegangen und hatte dort eine kleine Fischfangflotte aufgebaut und Lars hatte seine Zweigstelle in Skagen übernommen.

Er hatte drei Angestellte und ein großes Schiff, das Annemarie Petersen hieß, nach seiner Mutter. Ein Marstall-Schoner mit zwei Masten und viel Platz, also so 'n richtiger Kahn, um mal weiter raus zu fahren. Aber dazu später.

Eines Abends saßen nun alle Freunde im großen Metzelt und hatten ihren Stammtisch.

Sie unterhielten sich über ihre Arbeit und was sonst noch so passiert war. Plötzlich aber stand Lars auf, schlug mit der

Faust auf den Tisch und rief: „ Ich halt das hier nicht länger aus! Wir arbeiten und arbeiten, wir erleben doch gar nichts mehr! Könnt ihr euch noch an die Zeit mit Ole und Anne erinnern? War das nicht cool, wie wir damals den alten Rikkelsen angemeiert haben und Ole als Troll über den Strand gedüst ist? Mann, war das geil." „Du hast recht, Lars, ist schon komisch, aber wir waren Kinder und hatten doch, außer Ole, überhaupt keinen Plan. Aber jetzt sind wir 18 und jeder hat seinen Beruf, den er meistern muss. Ja klar, war 'ne schöne Zeit, aber die ist doch längst vorbei.", sagte Ede.

„Ist sie nicht!", rief Lars noch einmal.

„Ich werde mein Schiff seeklar machen, nach Norwegen segeln und Ole und Anne besuchen! Und von dort geht es dann weiter nach Amerika oder von mir aus um die ganze Welt. Ich möchte noch was erleben und werde ganz bestimmt nicht als blöder Fischer sterben. So, jetzt ist es raus, und wer mit will, der kann sich ja bei mir melden, denn ohne Crew dauert das ja etwas länger. Aber natürlich hätte ich euch lieber alle an Bord, so dass aus dem Sechserrudel von damals die Wilde 18 von heute würde. Überlegt es euch gut, irgendeines schönen Tages werden solche Trips 'ne Masse Kohle kosten. Aber wir segeln kostenlos für Freiheit und Freundschaft einmal um die Welt." Alle sahen Lars nun erstaunt an und fragten ihn, ob das nicht vielleicht ein bisschen übertrieben wäre, gleich um ganze Welt zu segeln und zögerten noch mit ihrer Zusage.

„Nein, nein und nochmals nein!", rief Lars dem entgegen, „das ist überhaupt nicht übertrieben! Ich segle um die Welt, ob mit oder ohne euch, aber erst einmal segle ich zu Ole und Anne und die beiden kommen ganz bestimmt mit. Ihr könnt euch das ja noch bis Ende nächster Woche überlegen, denn ich habe gerade beschlossen: Nächsten Freitag geht es los."

Am nächsten Morgen ruderte Lars rüber zur Annemarie Petersen, um nach dem Rechten zu sehen und ob Jasper, Jeppe und Jelle das Ganze noch im Griff hatten. Und das hatten sie ganz gewiss!

Das Schiff glänzte förmlich, als sollte es verkauft werden, und sie begrüßten ihren Kapitän wie immer sehr freundlich.

„Hei Kaptain, ist irgendwas passiert oder warum kommst du schon so früh zum Schiff?" „Gib' mir mal 'ne Hand, Jeppe, ich komm mal an Bord und erzähle euch, was ab jetzt so abgeht. Und ihr werdet staunen, wenn ihr das hört, das garantiere ich euch." Als Lars dann endlich an Bord war, stellte er sich breitbeinig auf Deck und sagte: „Hört zu, Männer, wir segeln um die Welt. Seid ihr dabei?" „ Öh, um die Welt, ist das nicht so 'n büschen weit weg, Lars?"

„Nix ist das weit weg, wir segeln um die Welt und ich frage euch noch mal, seid ihr dabei oder nich?"

„Na klar sind wir dabei! Und wer noch?" „Farin, Ede, Fred, Willy, Ole und Anne."

„Das ist doch deine alte Gang! Na denn, okay! Wir sind auf jeden Fall dabei! Dann müssen wir das Schiff jetzt aber richtig seeklar machen. Kannst dich ruhig auf uns verlassen, wir bringen die alte Tante schon richtig auf Vordermann, unser Wort drauf."

„Das freut mich", sagte Lars nun bedeutend ruhiger, und als er über die Reling an Land schaute, bemerkte er, dass ein kleines Ruderboot auf die Annemarie Petersen zuhielt und die Leute an Bord ordentlich mit den Armen wedelten. „Ich habe es doch gewusst", murmelte er.

"Die können auch gar nicht anders. Na, das wird ja wohl 'ne heiße Tour! Und Ole und Anne werden staunen, dass ihnen die Augen raus fallen. Ja, genau so habe ich mir das vorgestellt, genau so."

Es waren tatsächlich die anderen Kumpels, die auf dem kleinen Ruderboot auf die Annemarie Petersen zuhielten. „Ahoi", rief Fred, „können wir mal kurz an Bord kommen? Wir möchten dem Kaptain was sagen!"

„Na klar, kommt nur längsseits und dann an Bord, Lars wird sich bestimmt ganz doll freuen, euch zu sehen." Lars war zu dem Zeitpunkt, als seine Freunde am Schiff fest machten, in seiner Kapitänskajüte.

Er hörte das Donnern des Dingis an der Bordwand und auch seine Crew rufen: „Hallo, da seid ihr ja, herzlich willkommen auf der Annemarie Petersen!"

Er trat nun auf Deck und rief: „Ich habe es doch gewusst! Kommt ihr nun doch alle mit?" „Ja, was meinst du denn, wir können dich doch auf so einem Törn nicht alleine lassen", rief Farin. „Und Ole und

Anne wieder zu sehen, das wäre natürlich auch superschön", sagte Ede. „Aber die Tatsache, einmal um die Welt zu segeln, das haut uns glatt um", sagte Fred. „Und ich segle mit, weil ich wissen will, ob andere Leute auch Kamelle kochen, genau wie ich", rief Willy, und alle anderen mussten nun lachen.

So, nun war es also soweit, alle wollten nun doch mit und damit stand dem großen Abenteuer nichts mehr im Wege.

„Wir müssen noch ein paar Sachen klar machen, so wie wer denn nu meinen Hof weiter führt", sagte Farin. „Ja genau, und ich brauche noch jemanden für meine Bäckerei", sagte Ede. Fred meinte: „Na ja! Buddeln kann man auf einem Schiff ja schlecht." Und Willy wollte seine Kamelle ja mitnehmen. „Zum Vergleich", wie er sagte.

„Nun, dann in einer Woche, dann wollen wir los", sagte Lars, „aber noch nicht zu Ole. Wir segeln erst einmal zu Leif nach Beder Maling. Ich muss mir da noch so 'n ungefähren Kurs nach Amerika besorgen, denn die alten Wikinger waren ja angeblich schon mal da."

„Das ist eine sehr gute Idee, Lars", rief Farin in die Runde, „so ungefähr ist besser als daneben, oder? Denn knapp daneben ist auch vorbei, oder was."

„Du bist ja man so was von schlau, Farin", sagte Lars, denn er wusste ganz genau, dass diese Tour hier kein Zuckerschleckenwerden würde. „Kümmert ihr euch man um eure Höfe, wir kümmern uns um Schiff und Seefahrt. Ist das okay für euch?"

„Ja klar, du bist der Kapitän. Also bis Freitag!"

Kapitel 2 : Leinen los

Leinen los

Es war ein windiger und kalter Freitagmorgen, als die Freunde sich unten am Anleger trafen.

„So 'n Mistwetter", sagte Fred, „da möchte man sich doch am besten hinterm Ofen verkriechen oder was meint ihr?" Und alle stimmten ihm zu.

„Seht mal, die lassen da drüben ein Boot zu Wasser", rief Willy, „ich glaube, jetzt geht es los." Und tatsächlich, Lars hatte das Dingi der Annemarie Petersen klar machen lassen und ruderte nun zusammen mit Jasper und Jeppe rüber zum Anleger.

„Ahoi ihr Landratten, jetzt geht's los! Alles klar bei euch? Das ist jetzt die letzte Chance, um noch umzukehren! Seid ihr erst mal an Bord, gibt es kein zurück mehr! Ist das angekommen?"

„Ist angekommen," riefen die anderen und stiegen einer nach dem anderen ins Beiboot.

„So Kaptain, auf geht's, einmal um die Welt bitte!" Lars schmunzelte und sagte ganz ruhig: „Morgen früh geht es los. Ihr müsst erst noch ein paar Dinge auf dem Schiff wissen, damit ihr nicht in 'n Tüttel kommt. Meine Bootsmänner werden euch einweisen, das dauert schon ein büsschen."

Als sie nun am Schiff ankamen, sorgten Jasper, Jelle und Jeppe dafür, dass jeder seine Hängematte bekam und sie zeigten ihnen, wie man mit Fallen und Schoten umgehen musste. Das ging sehr turbulent zu. Jeder zog an irgendwas, aber keiner wusste warum und wofür.

„Ihr macht das wunderbar!", rief Lars und dachte sich: Ohauaha, das kann ja was geben.

Sie übten aber die ganze Nacht und als der Morgen anbrach, hatten sie alles im Griff. Klaufall, Pikfall, Außenklüver, Innenklüver, Fock, Großsegel, Besansegel und alle dazu passenden Schoten, Backstag, Topsegel und alles was man sonst noch wissen musste. „Alles klar, Kaptain", meldeten sich alle im Chor.

„Wir können los", rief Fred, „auf geht's! Hoch mit de Plünn und ab die Post oder was."

„Augenblick noch Männer, ich muss da noch vorher was loswerden. Ich danke euch dafür, dass ihr mich und euch natürlich darin unterstützt, einen großen Traum wahr werden zu lassen. Einmal um die ganze Welt mit allen Freunden, was kann man mehr vom Leben erwarten!? Und jetzt segeln wir los. Fred und Farin, ihr macht das Dingi klar und bringt die Vorleine rüber zum Verholdalben da drüben, alles klar?"

„Jo alles klar!"   „Jasper, Jeppe und Jelle, ihr bringt die Vorleine aufs Ankerspill und wartet auf mein Zeichen! Willy und Ede, ihr helft am Ankerspill und meine Wenigkeit, ich geh ans Ruder, alles klar?"

Und dann kam ein „Jep! Jo! Hä?" „Wie früher!", rief Lars. „Wie früher!" Und alle lachten, bis ihnen die Tränen nur so runter liefen.

Als Fred und Farin nun das Dingi zu Wasser gelassen hatten, ruderten sie zum Vorschiff, um die Leine zu übernehmen. Sie nahmen sich der Vorleine an und ruderten nun raus zum Verholdalben und legten sie darüber und kamen dann zurück.

Als das Dingi dann wieder fest vertäut am Heck der Annemarie Petersen hing, ging es denn auch wirklich los.

Alle schauten sich noch einmal um, schauten sich gegenseitig an und schmunzelten. Und dann kam die Order von Lars: „Geht los, Männer!"

Und alle riefen: „Geht los, Lars!" Na denn: Backbordvorleine los und ein Paar ans Spill, jetzt die Spring los und das Spill langsam drehen.

Das große Schiff fing jetzt an, sich in Bewegung zu setzen und drehte sich vom Steg, bis es auf einer Linie mit dem Verholdalben lag.

Alles ging sehr ruhig vonstatten, aber trotzdem hatten sie nicht bemerkt, dass der gesamte Anleger voller Menschen war, die sie verabschieden wollten.

Unter anderem auch Merle, die schönste Braut im ganzen Dorf. Sie schielte, was das Zeug hielt, lispelte, hatte immer fast zugekniffene Augen, war voller Sommersprossen und hinkte.

Aber was der größte Hammer war, sie war hinter Lars her und der konnte bei ihrem graziösen Anblick die Leinen gar nicht schnell genug loswerfen, und so hörte man ihn rufen: „Achterleine los und das muss jetzt fix gehen Männer, sonst bin ich hin. Ihr seid doch meine Freunde, oder?"

Beim Anblick dieses wunderschönen Geschöpfes konnten alle an Bord Lars mehr als verstehen. Sie sagten aber: „Ja, ich tüttel die denn mal so langsam los, Nä Lars?!"

Und die anderen riefen ihm zu: „Ich glaub, das Spill klemmt, wir müssen noch so 'n büsschen hierbleiben...", und krümmten sich fast vor Lachen. Fred ging auf Lars zu: „Sach ma, schwitzt du? Mensch, wir sind doch noch nicht mal richtig los."

„Schmeißt jetzt endlich die verdammte Leine los, Mann! Oder ich werde euch alle kielholen und dann nichts wie weg hier! Ist das angekommen?" Und zurück kam: „Wir haben verstanden."

„Fred und Willy ans Klaufall, Ede und Farin an die Pik, Jasper und Jelle an den Besan und Jeppe, du gehst raus und wickelst den Klüver aus und machst die Vorsegel fertig zum setzen, alles klar?" „Alles klar!" „Na denn, los geht's!"

Alles war jetzt bereit. Das Schiff lag am Verholdalben, klar für die große Fahrt, als von Achtern die Order kam: „Also nun ist es soweit. Seid ihr alle gut drauf?" Und zurück kam: „Jetzt oder nie, für Freundschaft und Freiheit!"

„Also denn, Vorsegel hoch!" Nun hörte man das Jaulen der Blöcke durch das ganze Schiff. Besan hoch, Verholleine ein und los. Langsam begannen sie   Fahrt aufzunehmen und alle tobten über das Schiff.

„Wir segeln!", rief Ede und die anderen stimmten ein:

„Tatsächlich, wir sind unterwegs, einmal um die ganze Welt!"

„Wir segeln jetzt aber erst einmal zu Leif und besorgen uns den ungefähren Kurs nach Amerika und fragen ihn mal, was da so abgeht, wenn wir dahin kommen. Ich weiß, dass Leif so 'ne Art Kompass hat oder wie das Ding heißt. Damit haben die Wikinger ihren Kurs bestimmt und was die können, können wir auch", sagte Lars.

„Und jetzt zieht ihr alle mal das Großsegel hoch, damit wir mal so 'n büsschen Fahrt in die alte Dame kriegen!"

Als sie das Großsegel gesetzt hatten, lief das Schiff, als würde es dafür bezahlt werden, es war wie ein Rausch, der alle an Bord ordentlich beeindruckte.

„Na, is das was Leute?! Das hier kann uns keiner nehmen, is das nicht super cool?"

„Da kannst du aber einen drauf lassen", sagte Willy, der hinten bei Lars war, der mit strahlenden Augen am Ruder stand.

„Willst du auch mal, Willy?", fragte Lars.

„Nein nein nein, lieber nicht, ich würde viel lieber mal was essen, denn so langsam kriege ich Kohldampf, Leute!"

„Du hast recht, Mann, ich könnte auch gut mal was nachwerfen. Kannst du denn kochen, Willy? Ich meine, außer Kamelle auch noch was anderes."

„Na klar, Mann!", fuhr Willy hoch, „willst du mich veräppeln? Ich bin darin nicht nur gut, ich bin der Beste hier aus dieser Gegend!"

Als Lars das hörte, legte er ein Tau über das Steuerrad, sprang auf einen Luckendeckel und rief über das ganze Schiff: „Habt ihr das alle schon gewusst, Willy ist der beste Koch hier in der Gegend!

Wenn ich jetzt an eurer Stelle wäre und nicht am Ruder stehen müsste, dann würde ich ihn mir schnappen, in die Kombüse verfrachten, abschließen und erst wieder aufmachen, wenn es gut riecht! Ist das angekommen?"

Willy stand nun da und die anderen ließen sich das natürlich nicht zweimal sagen. Sofort begann die Jagd auf den armen Willy.

Sie rannten und kicherten so ungefähr zwanzig Minuten übers Schiff, dann hatten sie Willy bei de Bücks und schoben ihn in die Kombüse.

„So Willy, nun zeig mal, was du so drauf hast! Wenn du nämlich wirklich so gut bist, wie du das Lars erzählt hast, bist du ab sofort Schiffskoch für die ganze Tour und musst keine Decksarbeit mehr machen, es sei denn, dass Anne besser kocht und dich hochkant wieder aus der Küche schmeißt!", rief Farin. „Also gib uns schön was Leckeres zu essen, dann ist dir dein Posten sicher."

Und rumms, war die Tür zu. Willy stand nun in der Kombüse und schmunzelte. Kein Aufentern, kein Deckschrubben, keine Schoten aufschießen. Ich mach's, ich bin jetzt Schiffskoch. Und Anne ist noch weit weg, also was soll denn schon passieren. Alles koche ich besser als das, was die sich so reinziehen. Kann doch jeder, oder was.

Willy schnappte sich ein paar Hühner, so 'n büsschen Gemüse, ein paar Rüben und fing an zu kochen. „Das ist ja noch viel geiler als Kamelle kochen!", rief er und kochte und rührte, was das Inventar so her gab.

An Deck war es dagegen sehr viel entspannter. Farin stand jetzt am Ruder und Lars war in seine Kapitänskajüte gegangen, um angeblich seinen Kurs zu berechnen.

Er wusste genau, wie tief es hier war und dass Farin schon direkt auf Land fahren musste um auf Grund zu laufen, und so lag er nun auf seiner Koje und döste vor sich hin.

Lass die man machen, dachte er, die sind alle noch so was von wichtig. Ja ja, lass die man arbeiten und glauben, dass sie voll die Harten sind.

Ich hab ja Jasper, Jeppe und Jelle, die machen das schon, und außerdem wissen die ja Gott sei Dank nicht, wie anstrengend so eine Kursberechnung ist, das ist voll schwierig und macht echt müde... So redete er sich selber in den Schlaf, bis er plötzlich von einem Poltern an Deck aus selbigem gerissen wurde.

Er stürmte an Deck und polterte mitten in ein Wendemanöver rein. „Leeschoten erst los, wenn ich es sage!", rief Jasper. „Luv Backstag los, klar zur Wende!" Und die Mannschaft antwortete ihm mit einem lautstarkem „Ist klar!"

„Na denn", rief Jasper. „Ree!" Er drehte das Schiff jetzt mit der Nase durch den Wind, bis die Segel umschlugen und rief dann erneut „Backbordschoten wieder dicht, Luvbackstag fest, Leinen wieder aufschießen und denn mit irgendwas weitermachen!"

Das Schiff lief jetzt mit halbem Wind, also direkt von der Seite, die dänische Küste runter und machte gute Fahrt. „Wow", rief Lars, „was war das denn?

So ein gelungenes Wendemanöver habe ich schon seit langem nicht gesehen, Jasper!"

„Na ja, Kaptain, so is das, wenn man immer so viel Kurs berechnen muss, da wird man voll müde bei, Nä?!"

„Und? Kommt da etwa jetzt noch mehr?", flüsterte Lars, damit das kein anderer mitbekam.

„Is doch auch wichtig, oder wollt ihr noch woanders hin? Hier ist dein neuer Kurs, Jasper, und verfahr dich bloß nicht."

Jasper schmunzelte und sagte: „Jo Kaptain, also denn auf nach Beder Maling."

Kapitel 3 : Auf nach Bedermaling

Auf nach Bedermaling

Lars schaute noch einmal übers Schiff, befand alles für gut und ging dann wieder in seine Kajüte. Er legte sich wieder hin, sagte noch: „Geht doch!", und schlief wieder ein. Er träumte von Ole, Anne und der ganzen Welt und den ganzen Abenteuern, die ihnen noch so bevorstanden.

An Deck ging die Post jetzt aber richtig ab. Das Schiff lag ordentlich auf der Seite und schob sich durch die See.

„Das ist ja, als würde man fliegen. So frei habe ich mich ja noch nie gefühlt, von diesem Trip sollte man nie wieder runter kommen, oder was sagt ihr dazu?", rief Ede übers ganze Schiff.

„Wir sind da ganz deiner Meinung", erwiderten die anderen.

Aber Jasper holte sie ganz schnell auf den Boden der Tatsachen zurück: „Das, was ihr jetzt so erlebt, ist reiner Spaß. Aber die See ist nicht immer so freundlich und nett zu uns. Sie kann auch ganz anders.

Dann werden Wellen zu Monstern, die das gesamte Schiff verschlingen und einfach wieder ausspucken. Wenn dann noch alle Masten stehen, dann haste echtes Glück gehabt.

Noch segelt die gute alte Annemarie Petersen so richtig schön vor sich hin, aber spätestens im Skagerrak wird sich zeigen, ob ihr das Zeug zu richtigen Seemännern habt. Aber erzählt bloß Willy nix davon. Den lassen wir, bis es soweit ist, schön weiter kochen. Das riecht nämlich schon ganz gut, was da aus der Kombüse hochdünstet."

Im selben Moment, als Jasper das sagte, ging die Kombüsentür auf und Willy kam heraus, ging zur Schiffsglocke, bimmelte wie ein Blöder und rief: „Essen ist fertig, Männer! Klar bei Backen und Banken und jetzt kriegt ihr das absolute Megaessen, weit ab von dem Fraß, den ihr euch sonst so rein pfeift!

Und ihr werdet sehen, ich bin der Meisterkoch hier in Dänemark und kein anderer. Ist das klar!?"

„Das ist so was von klar", rief Farin, „und jetzt her mit de Teller!"

Er stürzte in die Kombüse, klapperte da 'ne Weile rum und kam mit einem Stapel Teller unterm Arm wieder an Deck.

„Na dann hol mal dein Kunstwerk hoch, mein lieber Willy, wollen wir doch mal sehen, was du da so zusammen gebraut hast."

„Oh Mann, das schmeckt ja wie bei Mutti!", rief Ede, der sich schnell noch vor Willy runter in die Kombüse gestürzt hatte und ganz schnell noch mal probieren musste, bevor die ganze Sache nach oben auf Deck ging.

Lars kam nun auch aus seiner Kajüte und ging auf die anderen zu. „Na, was macht ihr denn da? Das riecht ja richtig lecker, gib mir doch bitte auch mal einen Teller rüber, Ede, das muss ich auch mal probieren."

„Finger weg, ihr Kunstbanausen, eigentlich habt ihr so was Gutes gar nicht verdient, aber ich will mal nicht so sein und jetzt reinhauuuun!"

Alle stürzten sich nun über Willys Essen her, schmatzten und schlürften und rülpsten, und von den anderen Geräuschen will ich euch hier gar nicht weiter erzählen. Aber es hörte sich jedenfalls an, als würde es ihnen schmecken.

„Alter, das ist die absolut obercoole Megapampe! Dafür kriegst du 100 Punkte von uns, nicht wahr, Männer? Mann, da fliegt einem ja die Schot aus 'm Block, echt geil, Mann!"

Als sie dann alle fertig waren, räumte Willy die Teller wieder zusammen, ging runter in seine Kombüse und fing an zu spülen und die anderen machten weiter ihre Decksarbeit.

„Wer hätte das gedacht?", sagte Farin, der jetzt wieder am Ruder stand. „Kochen kann der Bengel ja wunderbar. Mensch, und das alles ohne Apparat."

„Ja, wer hätte das gedacht, wie bei Mutti", sagte Ede. „Den lassen wir das auch schön weitermachen. Hier auf Deck könnte er uns sowieso nicht so richtig helfen, oder was meint ihr so als hochqualifiziertes Fachpersonal dazu? Seid ihr nicht auch meiner Meinung?"

„Na ja, mal sehen", meinten die anderen, „wir wollen doch erst mal abwarten, was Anne noch so drauf hat. Ich zum Beispiel habe noch nie norwegische Küche probiert", sagte Fred, und die anderen antworteten: „Wir auch nicht." „Aber das finden wir ja auch noch raus", rief Farin ihnen zu.

Nun kamen auch Jasper, Jeppe und Jelle nach achtern und schauten rauf zum Mast. „Der Wind hat gedreht, wir müssen die Segelstellung ändern. Also klar bei den Schoten, Klüverschot und Fockschot fieren, Groß- und Besanschot auch! So, siehste woll, so gefällt uns das!

Und jetzt Kurs halten und mit irgendwas weitermachen!"

Als alle Schoten wieder aufgetüttelt an ihren Nägeln hingen, redeten sie noch eine ganze Weile über das wunderschöne Essen von Willy. Die Sonne ging langsam unter, es wurde dunkel.

Lars war mittlerweile auch wieder an Deck gekommen und rief seiner Crew zu: „Wir werden dichter unter Land segeln und Anker werfen. Das ist mir so 'n Tacken zu gefährlich, hier nachts rum zu düsen, alles klar?" „Ja, gute Idee."

Jetzt übernahm Jasper das Ruder und drehte die Annemarie Petersen in Richtung Land. Als sie dann dicht genug an der Küste angekommen waren, warfen sie den Anker und blieben die Nacht über liegen. Sie packten und schnürten die Segel gar nicht erst ein, denn sie wollten ja morgens gleich weiter. So teilte Lars jeweils zwei Mann für die Ankerwache ein und ging dann schlafen.

Er war ja schließlich der Kapitän und hatte auf so was natürlich keinen Bock.

Er sagte nur: „Ich will hier kein Kichern und kein Singen hören, kein blödes und unsinniges Rumtrampeln und eigentlich überhaupt kein Geräusch, ist das klar?"

„Ist klar, Kaptain." „Na dann gute Nacht, Freunde. Bis morgen."

Farin und Jasper übernahmen die erste Wache, dann Willy und Jeppe und zu guter Letzt Fred und Jelle.

Jeder der drei Bootsmänner erzählte seinem Wachkumpel eine Schauerseefahrtsgeschichte, und als der Morgen anbrach, hatten diese eine ungefähre Vorstellung von dem, was sie so erwarten könnte.

Aber als Lars dann wieder an Deck kam und fragte, was die drei denn so erzählt hätten, da war alles wieder wie weggeblasen.

„Ich könnte mir jetzt gut vorstellen, dass ihr in dieser Nacht mindestens fünf Mal abgesoffen, mindestens vier Mal auf ein Riff gelaufen und drei Mal von irgendwelchen Seeungeheuern angegriffen worden seid, kommt das so ungefähr hin, Männer?"

„Ja genau so", rief Farin, „aber du hast den Geist im Vorschiff vergessen, der ab und zu Theater macht, wenn er nicht zufrieden ist. Man kann ihn eigentlich nur besänftigen, wenn man das Schiff immer sauber hält, stimmt das, Lars?"

„ Ja klar stimmt das, und vor allen Dingen die Kapitänskajüte muss immer blitzen, sonst kommt der wie ein Blitz rausgeschossen und beißt euch in den Hintern! Und ihr drei Oberbootsmänner solltet euch mal lieber heute morgen auf der linken Seite des Schiffes bewegen.

Dann kann man euch wenigstens noch als Backbordlaterne gebrauchen. Haben wir uns da verstanden?"

„Ja Kaptain, haben wir. Aber Spaß hat das trotzdem gebracht. Ich glaube, da sind sogar noch Fingerabdrücke in der Reling vom Schisser Willy."

„Ach, vom Schisser Willy, der euch dafür auch so ein leckeres Essen gekocht hat. Ich glaube, da ist gerade das Fall da ganz oben im Mast aus dem Block gerauscht und die Toiletteneimer müssen auch raus, und da habe ich gerade

beschlossen, mir das alles mal so anzugucken, wie ihr das macht. Ich bin dafür, ihr fangt gleich damit an, so dass wir auch baldigst los kommen. Ich höre hier doch keine Widerrede auf meinem Schiff, oder?"

„Nö, ach nö, niemals, ach du mein hochwohlgeborener Kapitän. Never ever."

Lars schmunzelte und wusste ganz genau, dass er sich eigentlich blind auf seine Crew verlassen konnte und zwar auf jeden Einzelnen und sagte: „Ihr drei Superseemänner habt eure Arbeit bis hierhin sehr gut gemacht, also macht das Schiff jetzt soweit seeklar, dass wir los können, und zwar sofort! Alles andere macht ihr während der Fahrt, ist das klar?"

Sie machten sich sofort an die Arbeit, lichteten den Anker, setzten die Segel, tüttelten die Leinen wieder an ihren Platz und segelten mit gutem Wind und guter Fahrt in Richtung Leif. Und als es Abend wurde, konnte man das kleine Fischerdorf Bedermaling schon sehen.

Lars stand jetzt selbst am Ruder. Er hielt seinen Kurs direkt auf das Dorf stur ein. Hörner erklangen und damit war die Ankunft der Annemarie Petersen nun kein Geheimnis mehr. Lars tutete zurück, drehte das Schiff in den Wind und nahm die Segel runter.

„So Männer, jetzt werfen wir erst einmal Anker und räumen das Schiff auf und dann machen wir das Dingi klar und rudern das Schiff an den Steg, also denn, auf geht's!"

Alles ging sehr schnell, aber auch sehr ruhig vonstatten, und nach kurzer Zeit und ordentlich Gejodel lag die Annemarie Petersen fest vertäut am Steg, mang die ganzen Drachenboote.

Alle Wikinger standen jetzt am Steg und staunten nicht schlecht über den Schoner, der jetzt an ihrer Brücke lag. „Moin", rief

Lars, „wo habt ihr denn Leif versteckt?" „Mensch Lars, wo kommst du denn her? Nee, was bist du groß geworden!" Leif war in den 12 Jahren, die sie sich nun nicht gesehen hatten, ordentlich gealtert. Sein Haar war grau geworden und seine Bewegungen waren deutlich langsamer.

„Na Mensch, da sind ja auch die anderen. Hei Willy, Fred, Ede, Farin. Aber die andern drei kenne ich nicht."

„Das kannst du auch nicht, Leif, das sind Jasper, Jeppe und Jelle, meine Bootsmänner. Die gehören zum Schiff."

„Ach so. Mensch, was seid ihr alle bloß groß geworden, ihr seid ja richtige Männer! Hach, wenn ich zurückdenke, was ward ihr bloß für altkluge Bengels. Ich hoffe, das hat sich doch wohl gegeben, oder?" „Na klar, Leif, hat sich alles gegeben."

„Was macht ihr eigentlich hier? Ihr wollt mich doch nicht bloß besuchen, da steckt doch was dahinter. Ich kenne euch Buschemänner doch! Kommt, lasst uns ins Haus gehen zu Mikke. Na der wird Augen machen."

Als nun alle in das Haus kamen, saß Mikke an einem Tisch und schenkte sich gerade Met in sein Horn.

„Hallo Mikke, schau mal, wen ich da mitgebracht habe!" Mikke sah in Richtung Tür und konnte seinen Augen kaum trauen.

„Was ist das denn?", sagte er. „Wer kommt uns denn da besuchen! Das glaub ich ja jetzt nicht! Lars, Fred, Ede, Willy, Farin! Das ist ja mal 'ne Überraschung!"

„Hallo Mikke, schön dich zu sehen", sagte Lars, „gut siehst du aus! Und sonst alles gesund?"

„Na ja, wie man's nimmt. Da reißt das, da ziept das, aber sonst ganz okay. Aber deswegen seid ihr nicht hier, also raus mit der Sprache, warum seid ihr hier?"

„Wir wollten dich fragen, ob ihr dieses Ding, was ihr, glaube ich, Kompass nennt, noch habt. Du weißt schon, dieses Teil, womit deine Kumpels Amerika gesucht haben."

„Kompass, was bei allen Göttern wollt ihr mit unserem Kompass?"

„Wir wollen nach Norwegen, Ole und Anne abholen und danach um die ganze Welt segeln!"

„Wow, um die ganze Welt, das ist aber ein ganz schönes Vorhaben, da würde ich am liebsten mitsegeln. Aber das geht ja leider nicht. Ich bin hier ja nun mal der Boss und kann meine Leute nicht alleine lassen. Aber klar haben wir das Ding noch und wir leihen euch das Teil gerne aus, so für zwei bis drei Jahre, denn so lange werdet ihr sicher brauchen, wenn die Götter mit euch sind."

„Ich sag mal eher vier", rief Lars, „wir wollen uns ja auch alles ganz genau ansehen."

„Ja ja, mit den Mädels rumdatteln wollt ihr, und ich kann nicht mit. Mann, so 'n Mist. Ich gebe euch jetzt den Kompass und wünsche euch eine erfolgreiche gute Reise, kommt gesund wieder und grüßt Sven, Sören, Rasmus, Ole und Anne schön von mir. Mögen Odins Raben euch begleiten."

Lars nahm den Kompass, gab Mikke noch die Hand und sagte: „Vielen Dank, Mikke, das hilft uns sicher weiter. Und nochmals vielen Dank, dass du mir auch gezeigt hast, wie das Ding funktioniert."

„Kein Ding, Lars, und nun ab mit euch aufs Schiff. Und wenn ihr wieder zurück seid, dann kommt doch bitte hier vorbei und bringt mir und Leif was mit."

„Was hättest du denn gerne?", fragte Lars und Mikke antwortete ihm: „Och, was Süßes und was zum Spielen."

„Na denn, alle Mann an Bord! Wir segeln weiter und diesmal wirklich nach Norwegen zu Ole und Anne und dann können wir wirklich sagen: Einmal umme Ärde."

Kapitel 4 : Von Mikke in den Skagerrak

Von Mikke in den Skagerrak

Lars stand hinter seinem Ruder. Die Augen leuchteten und er strahlte übers ganze Gesicht. Endlich ging es richtig los, nicht nur so 'n büsschen fischen, nein, einmal um die Welt! Man konnte es ihm förmlich ansehen, dass er keine Sekunde mehr warten wollte.

Er wollte zu Ole und Anne und nichts auf dieser Welt würde ihn aufhalten!

So rief er: „Außenklüver und Fock hoch, vier Mann ans Ankerspill! Vor- und Achterleinen los und Anker auf und alles in Ruhe."

Gesagt, getan. Die Annemarie Petersen setzte sich jetzt in Fahrt und Lars gab Order: „Besan hoch und klarmachen zum Großsegel setzen!" Und es kam zurück: „Besan gesetzt, Großsegel ist klar zum setzten und hoch damit."

Nach kurzer Zeit stand die Annemarie Petersen voll unter Segel und schlug ihren Kurs in Richtung Norwegen endlich ein.

„Hast du das gesehen, Leif", sagte Mikke, der noch immer mit seinem Bruder auf dem Steg stand, „was für 'n Getüttel und kriegen so 'n Schiff aufgeplünnt! Nee, da hätte ich gar keinen Bock zu."

„Ich auch nicht, Mikke, ich auch nicht. Komm, lass uns wieder reingehen! Wird Zeit für unser Nachmittagsmet. Und lass uns bloß mit so 'n modernen Kram in Ruhe! Da kommt man ja gar nicht hinterher, Mensch! Prost Mikke!" „Prost Leif!"Ja, es war Nachmittag geworden.

Lars und seine Freunde hatten die Nacht an Bord verbracht und den halben Tag mit Mikke und Leif, aber nun waren sie auf dem Weg zu Ole und Anne.

Alle auf dem Schiff freuten sich und diskutierten, was die beiden wohl sagen würden, wenn sie da oben ankämen. Eines bedrückte die neue Crew aber dann doch noch: Skagerrak!

Das, was sie von den Bootsmännern gehört hatten, machte sie ängstlich und Lars bemerkte, dass Ede, Fred und Farin nicht mehr so euphorisch über das Schiff tobten wie sonst. Willy hingegen machte weiter, als sei nichts los. Er wusste ja auch nichts, aber das sollte sich nun bald ändern.

„Was ist hier los?", rief Lars seiner Crew zu. „Seid ihr alle nicht gut drauf oder was? Was ist los mit dir, Farin, und mit euch beiden? Hat der Kajütengeist euch in den Hintern gebissen oder was?"

„Nein, alles klar, Lars", sagte Ede, „wir machen uns nur ein paar Gedanken, wie das wird da oben im Skagerrak und ob wir wirklich so gute Seemänner sind, um das durchzustehen." „Och, darum geht das, da macht euch mal nicht so viele Gedanken drüber, ich kann mich noch gut an die Zeit erinnern, als Jasper, Jeppe und Jelle das erste Mal mit mir da draußen waren."

„Was war denn da?", fragte Farin. „Na was wohl? Gereiert haben die Bäckerburschen, und zwar was das Zeug hielt. Und wenn man sie angesehen hat, hatte man echt einen bunten Nachmittag, das könnt ihr mir ruhig glauben. Also, was kann schon passieren? Euch wird eben schlecht oder nicht. Beim ersten Mal muss da jeder Seemann durch, und so schlimm wird's ja wohl nicht werden. Also Hintern zusammen und durch, denn Wellen gibt es klein und groß, aber es gibt nur eine Annemarie Petersen und eine Crew, die nur aus Freunden besteht! Also, das Schiff und ich verspreche euch, dass ihr auch an Bord bleibt, egal was kommt. Ist das okay?"

„Das ist auf jeden Fall okay, Mann. Jetzt sind wir auch wieder voll mit dabei, obwohl, so 'n büsschen mulmig ist uns schon noch", sagte Ede.

„Ach was!", rief Lars, „nun macht euch man nicht gleich in die Hose! Mensch, da ist Anne sogar durchgesegelt und das mit so 'ner offenen Nussschale! Dann könnt ihr das doch wohl auch! Und ab jetzt will ich davon nichts mehr hören! Seid ihr

Seemänner oder kommt ihr aus der Jammerbucht? Reißt euch jetzt mal zusammen und winselt hier nicht rum!"

Das war eine deutliche Ansage von Lars und alle wussten nun, dass er nicht nur Freund sein konnte, sondern auch Kapitän, und somit auch die Verantwortung für alle Mann an Bord hatte und wusste, was er tat.

„Also an die Arbeit! Wenn das Ernst wird, komm ich euch noch mal streicheln. Aber bis dahin macht hier jeder seinen Job, ist das klar? Ich hör nichts!"

Und es kam ein ziemlich kleinlautes „Ist klar, Kaptain."Na also, geht doch. Das Ding hatte gesessen. Vor allem bei den drei Bootsmännern, die sich jetzt noch mehr um ihre Kameraden kümmerten als sonst, und alles klappte hervorragend bis zum Abend.

Lars ließ Anker werfen und das Schiff aufklaren. Danach setzte er sich zu seiner Mannschaft und ließ nun auch Willy dazu kommen. „Also Männer, morgen segeln wir in den Skagerrak und werden, so wie das aussieht, alle Hände voll zu tun kriegen. Und das ist auch gut so, denn wer viel zu tun hat, muss nicht ständig nachdenken. Es wird ordentlich wehen, aber das macht unserem Schiff nichts aus. Das kann noch viel mehr ab, als ihr denkt. Bei diesem Wind werden wir ziemlich schnell da durch sein, aber da wird mit Sicherheit noch viel mehr kommen auf unserer Reise! Der Skagerrak ist schon mal 'ne gute Übung für euch und vielleicht hat der eine oder andere ja auch 'ne Menge Spaß dabei. Ich jedenfalls finde Wind geil und viel Wind noch viel geiler. So, und nun ruht euch aus und geht bald schlafen, damit ihr alle fit seid, wenn wir morgen da durch marschieren. Ich geh jetzt schlafen", sagte Lars noch und verschwand in seiner Kajüte.

Der Rest der Crew stand an Deck, schaute auf die See und auf einmal fing Jasper an, so 'nen richtigen schönen Shanty zu singen, und alle wussten jetzt, dass sie zusammen gehörten und nichts sie trennen würde. Alle legten ihre Hände übereinander auf das Ankerspill und riefen im Chor: „Für Freiheit und Freundschaft bis ans Ende aller Fahrten!"

Am nächsten Morgen stand, als Lars an Deck kam, schon alles parat und Jasper rief: „Schiff ist seeklar und fertig zum Segelsetzen!"

Na, da bin ich aber sehr erstaunt", sagte Lars, „und das scheint ja auch noch gutes Wetter zu sein. Nee, wat hemm wi fürn Glück aber auch! Na, denn man los, Männer, Anker auf und den Rest kennt ihr ja. Jasper, du kannst ruhig wieder singen, das hörte sich gestern Abend echt cool an. Ich wusste gar nicht, dass du so gut bist. An dir ist ja ein richtiger Rocker verloren gegangen. Also Anker auf und hoch mit de Plünn, los geht das, einmal durch den Skagerrak bitte und immer schön lächeln!"

Kapitel 5 : Durch den Skagerrak

Durch den Skagerrak

Die Annemarie Petersen segelte nun von ihrem Ankerplatz aus rein in die Küche der Naturgewalten, und hätte das Ganze nicht zur Wikingerzeit stattgefunden, dann hätte man glatt glauben können, dass der Erfinder der Achterbahn zuerst einmal durch den Skagerrak nach Norwegen gesegelt war, um sich da während des Übergebens ein Bild davon zu machen, wie das auf so einer Rummelbahn auszusehen hat.

Noch schien alles ganz easy. Das Meer war eigentlich noch ziemlich ruhig und unsere drei Jungs sahen sehr zufrieden aus. Doch Lars nahm ihnen schon bald sämtliche Illusionen von einer friedlichen Überfahrt.

Er rief Jasper, Jeppe und Jelle zu sich und sagte: „Ihr müsst jetzt alles festzurren, was sich auf dem Schiff bewegen kann, und dann geht einer mal runter zu Willy und hilft ihm, damit ihm nicht seine gesamte Küche um die Ohren fliegt, alles klar?"

„Alles klar, Kaptain", sagte Jasper. „Na, denn man los!", sagte Lars und schmunzelte dabei und man sah ihm an, dass er jetzt richtig in seinem Element war.

Er blickte Farin an, zeigte nach Backbord und rief ihm zu: „Wenn die Küste da drüben verschwindet, dann werden wir mal richtig segeln, so, wie sich das für einen richtigen Seemann gehört. Farin, wir werden den Außenklüver runternehmen und das Großsegel auch, sonst wird das für euch zu heftig und ich will ja nicht, dass ihr so fürchterlich leidet, ihr kleinen Schnuggis."

Der Wind wurde immer mehr und die Annemarie Petersen schob sich zwar mühsam, aber immer noch mit guter Fahrt durch die tobende See. Lars stand an seinem Ruder und sang irgendwelche Shantys, die er bei Knut gelernt hatte.

Er hatte sich am Schiff festgebunden, damit er nicht selbst aus

Versehen über Bord gespült wurde und die anderen machten es ihm nach. „Das ist doch wohl der Hammer!", rief Jasper Jeppe zu.

„Was ist das hier für 'n Mist, Mann! Man ist ja mehr unter Wasser als über! So 'n Müll aber auch! Kannst du mir das noch einmal rübergurgeln? Ich hab dich nicht verstanden, du musst das nächste Mal das Wasser aus dem Mund nehmen, dann klappt das auch mit die Artikulierung! Und jetzt holen wir die Klüverschot noch mal durch, damit sie nicht so rumeiert."

„Okay!", rief Jasper Jeppe zu. „Geht klar, man los und hol dicht, hol dicht!" „Okay, kannst belegen."

„Vielen Dank! Das ist zu nett von Sie, Herr Jeppe."

Beide fingen an, lautstark zu lachen und zwar so laut, dass man das bis aufs Achterdeck hören konnte. In der Kombüse lief das in diesem Moment nicht ganz so gut.

Willy hatte gerade sehr viele Feinde und damit waren nicht nur die meterhohen Wellen gemeint. Nein, seine Pötte und Pannen flogen durch die Küche, als hätten sie es auf ihn abgesehen, und nach einigen Hilferufen ging dann auch endlich das Schott zur Kombüse von Deckseite aus auf und Jelle kam herunter.

Er sah Willy mit einem Kochtopf als Sicherheitshelm auf 'n Kopp, drehte wieder um, ging an Deck und konnte nicht mehr vor Lachen.

Er konnte nur noch auf das Kombüsenschott zeigen und stammelte irgendwas von: „Da da, Pottkopp, Pottkopp, da da!"

Die Crew war völlig verwirrt von dem unverständlichen Gestammel von Jelle. Aber weil er ja immer wieder auf das Kombüsenschott zeigte, gingen Jeppe und Jasper mal runter zu Willy, um mal nach dem Rechten zu sehen, und was jetzt kam, brach alle Rekorde im Einfallsreichtum gegen die Bekämpfung von Naturgewalten. Es war der absolute Burner.

Willy hatte nicht nur den blöden Kochtopp auf 'n Kopp, sondern auch noch so was wie zwei kleine Teesiebe vor den

Augen. Es könnte ja sein, dass irgendwelche Teller anfangen, dumm rum zu splittern.

Über seiner Brust hing so eine Art Schwimmweste aus Kork und die war schon ordentlich verziert mit dem ganzen Gemüse, was da so durch die Gegend flog.

Bei diesem Anblick sagte Jeppe zu Jasper: „Es gibt ihn wirklich, Jasper", und Jasper antwortete Jeppe: „Wen meinst du?"

„Na den Geist, der immer im Vorschiff sitzt. Aber jetzt hat das Teil einen Namen." „Echt, wie heißt der denn?" „Na, Willy heißt der und kuck mal, wie schick der ist! So 'n richtiges Köchilie."

Und auch die beiden konnten nun nicht mehr vor Lachen. Auf einmal gab es einen sehr harten Schlag, der durch das gesamte Schiff ging, und sie polterten durch die ganze Kombüse.

„Was war das denn?", rief Willy völlig verängstigt.

„Keine Ahnung, aber es kam aus dem Vorschiff", sagte Jeppe.

„Ich geh mal nachsehen", brummelte Jasper, „mal sehen, was das nu wieder für 'n Mist ist."

Jasper ging jetzt nach vorne, und als er wieder zurück kam, war Lars mittlerweile auch runter in die Kombüse gekommen, um sich ein Bild vom Schaden zu machen.

„Na, was ist passiert, Jasper, haben wir ordentlich was abbekommen?"

„Ach, ein Spant ist angebrochen, aber wir haben keinen Wassereinbruch. Also nichts, was wir nicht selber wieder hin kriegen. Jeppe und ich werden uns jetzt an die Arbeit machen und in ein bis zwei Stunden sind wir fertig. Aber wenn wir bei Ole sind, sollten wir das Schiff mal aus dem Wasser holen und uns die Geschichte etwas näher ansehen, oder was meinst du dazu, Lars? Denn wenn wir um die Welt wollen, dann doch bitte mit einem Schiff, das in Ordnung ist, bitte, danke!" „Ganz deiner Meinung, ach du mein hochwohlgeborener Bootsmann.

Alles nach deinen Wünschen!", rief Lars, drehte sich um und sah nun Willy unterm Tisch sitzen.

„Ach wen haben wir denn da, unseren Superkoch! Meinst du, da ja meine so fantastisch ausgebildete Crew gerade damit beschäftigt ist, uns vor dem Ertrinken zu retten, dass du uns unter diesen Umständen noch was Warmes zaubern kannst, Willy?"

„Ich will's versuchen, Kaptain Lars, ich will's versuchen." „Na dann viel Glück!", sagte Lars und ging wieder nach oben, zurück ans Ruder und löste Jelle ab. Er wusste genau wie Jasper, dass sie diesmal ordentlich Glück gehabt hatten und war froh darüber, dass sein Bootsmann das nicht an die große Glocke gehängt hatte.

In der Kombüse hörte man Willy fluchen und Jasper und Jeppe hämmern und Lars dachte bei sich: Na, das kann ja was geben. Die einen kloppen das Schiff zusammen und der andere sich irgendwas zu Essen zurecht. Und die anderen, ja die anderen machten ihren Job und den machten sie sehr gut, denn da sie ja jetzt nur noch zu zweit auf Deck waren, also mit mehr Arbeit beschäftigt, als sie eigentlich sollten, ging das sehr ordentlich vonstatten. Keiner meckerte oder beschwerte sich.

Also hörte man nur das Fluchen von Willy und das Hämmern von Jasper und Jeppe. Die beiden arbeiteten so ungefähr zwei Stunden im und am Schiff.

Bis Lars von oben runter kam und sagte: „Mensch Willy, das riecht aber wieder gut bei dir! Aber deswegen bin ich nicht hier. Ihr müsst jetzt alles stehen und liegen lassen und mit mir an Deck kommen und ich sage euch, ihr werdet für alle eure Anstrengungen belohnt werden. Also rauf auf Deck mit euch und Willy, du auch. Ich rühr
solange dein Essen um, okay?" „Okay Kaptain."

Und nun gingen sie alle drei an Deck und was sie jetzt zu sehen bekamen, verschlug ihnen fast den Atem.

„Das muss der Sitz irgendwelcher Götter sein", sagte Willy ganz leise.

„Dann wohnen die aber nicht schlecht", sagte Fred. „Das ist Norwegen", sagte Jasper, „der Sitz der Wikinger und das Zuhause von Ole und Anne. Ja, schön haben die das hier, das muss ich ja mal sagen", drehte sich um und ging wieder runter zu Lars.

„Sag mal Lars, wo sind wir eigentlich drauf gefahren, als das so gescheppert hat?"

„Auf Wrackteile, Jasper. Da hat das wohl einer nicht geschafft, aber das wollte ich in Willys Anwesenheit nicht sagen. Und die anderen beiden da oben wollte ich natürlich auch nicht unnötig bange machen. Muss doch nicht sein oder was meinst du dazu?"

„Nee, alles gut, Lars. Und wenn die drei sehen, dass wir das Spant bei Ole reparieren, werden sie auch wieder ruhiger", sagte Jasper.

„Und denn löppt sich das allens wedder to recht oder watt?", rief Lars, stand auf und sagte: „Ich geh mal wieder hoch und hol Willy zurück, ich hab kein Bock mehr, hier dumm rumzurühren und außerdem bin ich hier der Kapitän und nicht der Koch. Wie sieht Und so verschwand Lars wieder auf Deck. Willy kam kurze Zeit später in seine Kombüse zurück, stellte sich an seinen Topf, grinste Jasper noch mal an und rührte weiter.

Jasper ging nun auch an Deck. Schließlich war er ja erster Bootsmann und musste ja auch mal nach dem Rechten sehen.

Kapitel 6 : Bei Anne und Ole

Bei Anne und Ole

Lars hatte jetzt vorsichtshalber das Beiboot mit runter gelassen. Er wusste ja nicht, ob er vielleicht noch so 'n büschen schleppen musste, doch im Moment lief alles sehr zufriedenstellend.

Die Annemarie Petersen lief mit langsamer Fahrt den Fjord rauf und alles war wunderschön. Plötzlich stand Farin auf einem Lukendeckel und rief übers Schiff: „Sach ma, wie wissen wir eigentlich, dass wir da sind? Von uns war doch noch niemand bei Ole."

„Aber du warst doch mit bei Leif, oder etwa nicht?", fragte Lars. „Doch, klar war ich da. Sonst wäre ich ja nicht hier. Und was haben die da gemacht, Farin?" „Die haben getutet und wir auch, siehst du?", sagte Lars.

„Und genau das machst du jetzt auch, und zwar alle Stunde zehn Minuten. Und irgendwann werden sie dir schon antworten, ganz bestimmt, verlass dich drauf."

Farin ging runter ins Schiff, holte sich das Nebelhorn und einen Stuhl, setzte sich aufs Vorschiff und tutete jede Stunde zehn Minuten lang. Der Hall, den das Horn von sich gab, war sehr weit zu hören.

Sie segelten noch so ungefähr vier bis fünf Stunden, als Farin sichtbar gelangweilt in sein Horn blies und Antwort bekam. Er blies noch einmal und bekam wieder Antwort.

Hinter dem Heck der Annemarie Petersen tauchten auf einmal in sicherer Entfernung Drachenboote auf.

Lars rief Farin zu, er solle weiter tuten, denn wer so einen Lärm macht, der kann nichts Böses wollen, und er hoffte, dass die Wikinger das genauso sahen. Aber sie segelten weiter.

Die Drachenboote hielten ihren Abstand und Farin tutete jetzt alle fünf Minuten. Die Nachricht, dass ein fremdes Schiff den Fjord hochkam, verbreitete sich wie ein Lauffeuer und das Tuten der Hörner drang nun auch zu Ole und Anne.

Die beiden standen gerade, als das Dröhnen der Hörner bei ihnen ankam, unten am Anleger und Sven, Mutter Freya, Sören und Trine und Rasmus kamen nun auch dazu.

„Was mag das sein, was uns da besuchen kommt, Vater ?", sprach Ole. „Keine Ahnung", sagte Sven, „aber das wird sich ja wohl bald zeigen, ob das Freund oder Feind ist. Aber was es auch immer ist, es kommt gleich da um den Felsen."

Das Tuten wurde immer lauter und dann kam auch der Klüver der Annemarie Petersen hinter dem Felsen hervor.

„Was ist das denn, so was habe ich ja noch nie gesehen, das Teil ist ja echt cool! Aber was will der hier bei uns?"

Lars hatte die Menschenansammlung gesehen und rief nun seine drei Kumpels aus dem Sechserrudel zusammen und sagte: „Wir singen jetzt 'Wir sind das Sechserrudel von damals und kommen euch besuchen', und zwar so laut wie ihr könnt, bitteschön!"

Sie sangen so schön wie ein Knabenchor, so laut und deutlich, als würde man eine Katze treten. Aber was man deutlich raushören konnte, war: „Sechserrudel", immer wieder.

Ole stand eine Weile da, dann hatte er die Botschaft verstanden. „Hört ihr das? Hört ihr das nicht? Sechserrudel, das sind wir, Anne!", rief Ole seiner Braut zu. „Das sind wir, ach was, das sind Lars und die anderen! Ho, he, das Sechserrudel ist okay!", rief Ole, „komm doch her, du gemeiner Rikkelsen, wenn du dich traust!"

Ole liefen die Freudentränen nur so runter. Er nahm Anne in den Arm und drehte sie mindestens hundert Mal herum.

Als er sie wieder absetzte, sagte sie: „Puh, ich kann das gar nicht glauben, dass das hier die anderen sein sollen. Wo kommen die denn auf einmal her?"

„Fragen wir sie doch einfach mal, komm mit, wir gehen mal da hin. Mensch, das is ja was!"

Die Anne Marie Petersen hatte, gerade als Ole und Anne am

Steg ankamen, die Leinen rübergeworfen und Jasper und Jeppe waren an Land gesprungen, um das Schiff nun zu vertäuen.

„Hallo ihr Beiden, euch kenne ich gar nicht, sagt mal: Wie heißt euer Kapitän?" „Lars, warum?"

„Weil ich Ole bin und die wunderschöne Braut neben mir Anne ist, und das da oben auf dem Schiff doch wohl unsere Kumpels Farin, Fred, Ede, Willy und Lars sind.

Und wer seid ihr?" „Jasper, Jeppe und irgendwo auf dem Schiff krabbelt noch ein Jelle rum. Wir sind die Bootsmänner auf dem Schiff von Lars."

„Hallo Ole, hallo Anne", rief Lars und stürzte nun von Bord. Er fiel den beiden in die Arme und wollte sie gar nicht mehr loslassen.

„Mensch, ihr habt euch ja überhaupt nicht verändert. Na ja, vielleicht in der Größe und Anne ist ordentlich was hübscher geworden, aber sonst seht ihr richtig gut aus."

Farin ging sofort auf Anne zu und sagte lieber gleich: „Nun muss ich Ole ja wohl nicht mehr fragen, ob er dich schon mal geküsst hat, oder Anne? Komm, lass dich mal drücken. Und bei dir, Ole, alles klar?"

„Ja klar ist alles klar, bei euch hoffentlich auch." „Natürlich, sonst wären wir ja nicht hier. Kommt, lasst uns ins Dorf zu den anderen gehen und feiern, wir werden trinken, viel trinken, und essen und uns über alte Zeiten unterhalten. Ist das ein Wort?"

„Und ob", sagte Lars und die anderen stimmten ihm zu.

Im Dorf angekommen wurde die Mannschaft von Lars sehr herzlich begrüßt und alle fingen auch sofort mit dem Feiern an.

Ole und Anne setzten sich zu Lars und Jasper und die anderen verteilten sich nach und nach im Dorf.

„Nu sag schon, Lars, was treibt euch von Skagen hier her? Ihr seid doch nicht nur zum Spaß hier." „Ja genau, du hast recht,Ole. Ich hab das ohne euch einfach nicht mehr ausgehalten und wollte euch erst einmal besuchen und danach so 'n büsschen weiter." „Okay", sagte Ole, „und wohin weiter ?" „Einmal um die ganze Welt, was sagst du jetzt? Und wir sind zu euch gekommen, um euch zu fragen, ob ihr beide nicht dabei sein wollt."

„Einmal um die ganze Welt!", rief Anne laut auf. „Das hört sich aber ganz schön weit weg an, oder findest du das nicht, Ole? Nu sag du doch auch mal was!"

„Ja in der Tat, das stimmt. Das hört sich nicht nur weit, das hört sich sogar sehr weit weg an. Seid ihr sicher, dass ihr wirklich da einmal rum wollt?"

„Absolut, das ist das, was ich will und so mach ich das auch und da bringt mich auch keiner von ab." „Ist ja schon gut, Mann. Aber wir müssen das erst noch mit unserem Dorf besprechen. Wir können nicht so einfach los wie ihr, das siehst du doch wohl ein, oder du kleine Memme?"

„Hast du das gesehen, Anne? Sofort eingeschnappt ist der kleine Fischerjung, wenn er nicht kriegt, was er will! Was sagst du bloß dazu?"

„Och, aber söd is he jo doch", sagte Anne. Das war so das Einzige, was sie noch konnte auf Platt. Von damals, als Lars nur so gesprochen hatte. Aber der musste jetzt erst mal richtig lachen und rief aus voller Kehle: „Mann Mann Mann, Lars Petersen! Dor fangt die doch glatt een Deern an to veräppeln, haua haua ha!"

Ole sagte nun zu Lars: „Je mehr ich darüber nachdenke, umso mehr gefällt mir dein Vorhaben. Was sagst du denn dazu, Anne?" „Ich bin da ganz deiner Meinung. Wir werden unsere Leute fragen, ob das für sie okay ist, und Ole, du gehst jetzt zu deinem Vater und fragst ihn gleich. Und ich werde meine Mutter und Sören darum bitten, uns mitfahren zu lassen. Dann hast du, Lars, sofort Antwort. Also bis nachher."

Sven saß mit seiner Frau auf der Bank vor seinem Haus, als Ole dazu kam. „Hallo Ole, wo hast du denn Anne gelassen?

Ihr habt doch wohl keinen Streit?" „Ach nee, alles okay. Nein, ich bin gekommen, weil ich euch was fragen möchte."

„Nur zu, mein Sohn, was gibt es denn so Dringendes?" „Anne und du möchten heiraten!", rief Mutter Freya. „Sven, sie wollen heiraten!"

„Nein, nein", rief Ole, „nicht heiraten oder vielmehr noch nicht. Nein, wir wollen segeln mit Lars, aber das kann so 'n büsschen dauern, bis wir wieder da sind. So in etwa drei bis vier Jahren oder so."

„Was?", rief Mutter Freya. „Drei bis vier Jahre, wo wollt ihr denn hin, bei Odin? Sven, sag doch was! Was haben die Bengels denn bloß wieder vor?"

„Das kann ich dir sagen, Mutter. Einmal um die Welt, das haben wir vor. Und Anne und ich möchten gerne mit."

Als Sven das hörte, kam er aber so was von seiner Bank hochgeschossen und rief: „Was wollt ihr? Einmal umme Ärde? Ich will mit, habt ihr noch Platz?"

„Nix da, du bleibst hier! Das kannst du dir aber so was vonne Backe putzen!", rief Mutter Freya. „Mit umme Ärde... Der Alte hat doch wohl nicht alle Latten am Zaun! Nix da, du bleibst hier bei mir! Wolltest du noch was sagen, Sven?"

Und der antwortete: „Ja, du hast ja recht, mein Schatz. Aber Ole segelt los und Sören lässt Anne auch mitfahren. Mann Ole, davon haben Sören und ich immer geträumt."

Bei Anne lief die Sache ähnlich ab und Sören fing fast an zu weinen. Aber nicht nur, weil er Anne jetzt gehen lassen musste, sondern auch, weil er, genau wie Sven, dableiben musste. Und so trafen sie sich alle vor Svens Hütte, um mal

darüber zu reden, was die jungen Leute noch so wissen mussten, bevor sie sich in das große Wagnis stürzten, und wer oder was ihnen nach den alten Wikingersagen noch so begegnen könnte.

Und das war 'ne ganze Masse! Das ganze Dorf war jetzt versammelt und alle saßen nun auf dem großen Platz vor Svens Haus.

„Sagt mal, könnt ihr euch eigentlich alle noch an Erik den Roten erinnern?" „Und seinen Sohn Leif den Glücklichen?", fragte Sven. „Ja na klar!", riefen die Alten.

„Der ist doch wegen so 'nem Gangsterkram rausgeflogen aus Norwegen, und soweit wir informiert sind, aus Island auch. Der müsste eigentlich das letzte Mal auf Vinland gesehen worden sein. Aber das ist ja schon so lange her, der lebt doch bestimmt gar nicht mehr."

„Das stimmt, der lebt schon lange nicht mehr und sein Sohn auch nicht, aber der Ruf, den er hinterlassen hat, ist nicht gerade der beste. Was ich damit sagen will, ist: Redet nicht über Erik! Am besten ist, ihr kennt diesen Typen nicht, und außerdem ist der auch noch 'ne Zeit lang mit Ragna Mortensen gesegelt und den Burschen kennen wir ja wohl alle hier."

Ole sah seinen Vater an und sagte: „Na und, alles schön und gut mit diesen Superwikingern, die ihre Raubzüge ach so toll durchgeführt haben. Aber sie sind alle tot und sitzen in Walhalla, wo sie ja, von mir aus, auch alle hingehören. Aber Angst machen die uns nicht, oder Männer?"

„Nie nich, kommt gar nicht inne Tüte, sowiet kümmt dat noch!", kam da zurück. Sven sah seinen Jungen diesmal sehr ernst an und sagte: „Dass die alle tot sind und keinen mehr beißen können, weiß ich auch. Aber Erik hatte drei Kinder und die hatten auch Kinder und so 'n paar davon werden mit Sicherheit da noch rumtoben. Also, wenn ihr nach Amerika wollt, das diese Burschen übrigens entdeckt haben, müsst ihr notgedrungen bei ihnen vorbei. Da ihr ja nun kein Drachenboot habt und die euch nicht als Wikinger erkennen können, werden sie euch für ein Handelsschiff halten oder für Forscher. Deshalb kein Wort über Erik oder Ragna, habt ihr,mich verstanden? Ich meine das ernst."

„Ja Vater, wir haben dich sogar sehr gut verstanden, aber da uns diese Leute nicht die Bohne interessieren, wird es uns auch nicht schwerfallen, nicht über sie zu sprechen. Aber wir danken dir für die Warnung und wir nehmen sie uns gerne zu Herzen."

„Okay, dann werde ich euch mal glauben. Habt ihr denn noch irgendwelche Fragen, bei denen wir euch behilflich sein können?", fragte Sören nun in die Runde.

„Denn Sven und ich sind auch schon weit rumgekommen. Ihr könnt uns echt alles fragen." „Okay, ihr Oberseefahrer, wie sieht das denn aus mit Schiffsreparatur?", rief Lars.

„Ich hab mir da im Skagerrak 'nen Spant angebrochen und würde das gerne auswechseln, bevor wir losfahren. Habt ihr dafür einen geeigneten Platz?"

„Na klar", rief Sven, „unten am Ufer machen wir das Schiff fest, dann klettern ein paar Leute in die Masten und machen lange Taue daran fest, dann binden wir das Schiff so kurz an, dass es nicht mehr weg kann und ziehen es dann auf die Seite und machen es auf. Ganz einfach, oder nicht?"

Lars bekam richtig spitze Ohren, als er das hörte. Mensch, das hörte sich echt nach 'ner Masse Ahnung an.

Und so stimmte er zu. „Wann können wir denn damit anfangen?", fragte er. „Morgen", sagte Sören. „Wir werden uns jetzt erst mal das gebrochene Spant ansehen und dann ein neues fertigen, so dass wir es morgen austauschen können, ist das okay?"

„Das ist mehr als okay!", rief Lars ganz aufgeregt.

„Wir bringen schon mal die Taue in die Masten und ziehen das Schiff an seinen Platz, damit das denn auch gleich losgehen kann."

„Ja, das macht ihr man. Dein Vater und ich machen so lange noch ein bisschen Pause, trinken noch ein Horn Met und wenn ihr fertig seid, holt uns einfach ab."

Es dauerte ungefähr zwei Stunden, dann lag die Annemarie Petersen in Position. Lars rief Jasper zu: „Ich geh jetzt zu Oles Vater und ihr bereitet hier alles vor, okay?!"

„Alles klar, kann losgehen!", rief Jasper. Lars holte nun Sven und Sören, und die nahmen auch noch Rasmus mit, um sich nicht zu blamieren, denn Rasmus hatte von der ganzen Sache natürlich mehr Ahnung als die beiden zusammen.

Als sie dann am Schiff ankamen, übernahm der auch gleich das Kommando.

„Ich will Pfähle in den Strand geschlagen haben, damit wir das Schiff auf der Seite halten können, und zwar sechs vorne, das gleiche achtern und vier in die Mitte, danke."

Nach drei Stunden standen die Pfähle. „Okay Männer, wir brauchen jetzt jeden verfügbaren Mann, der einigermaßen was in der Wäsche hat und mit anfassen kann. Wir werden die Seile um die beiden Bäume dahinten legen und das Schiff, wenn es auf der Seite liegt, zusätzlich an den Pfählen sichern."

„Okay, supergut!", rief Lars. „Aber wie kriegen wir das Schiff soweit rüber bewegt?", fragte er Rasmus. Der lachte.

„Siehst du die Ochsen da, Lars? Die werden das für uns machen und du wirst sehen, wie wunderschön das geht."

Sie banden jetzt die Ochsen an die Seile, trieben sie an und tatsächlich: Die Annemarie Petersen fing an, sich auf die Seite zu legen. Immer mehr und nach und nach, bis sie soweit auf der Seite lag, dass man sie festmachen konnte. „So", rief Rasmus, „das ist ja wohl geschafft! Und um den Rest kümmern sich unsere Bootsbauer. Ist das okay für dich, Lars? Dann habt ihr noch so zwei bis drei Tage Pause und könnt hier noch so 'n büschen rumdüsen."

Lars gab das Okay und ging zu Ole zurück. Sie sammelten noch die anderen drei ein und gingen gemeinsam rauf auf den Berg, wo alles begann.

„Soll ich euch mal was verraten?", sagte Ole und die anderen antworteten: „Was denn, Ole?"

„Hier hat alles angefangen. Genau hier habe ich gesessen und mir die Schiffe angesehen und mein Vater hat mich auf meine erste Reise mit nach Haithabu mitgenommen und was daraus geworden ist, na ja, das wissen wir ja wohl alle."

„Ja genau", rief Farin, „ich sehe dich immer noch aus deiner Tonne krabbeln. Was ist eigentlich aus Björn geworden, Ole?"

„Och, der war schon sehr alt und starb dann auch drei Jahre später.

Anne hat das ganz schön mitgenommen. Das dauerte echt lange, bis sie darüber weg war, und nun liegt er dahinten unterm Runenstein in Frieden. Er hat uns gute Dienste geleistet und hatte eine schöne Beerdigung."

„Ja, das hatte er wirklich", sagte Lars, „aber vielleicht finden wir auf unserer Reise ja noch irgendwas Lebendiges für Anne zum Schmusen."

„Aber nicht so was Großes!", rief Ole dem entgegen. „Ich bin ja schließlich auch noch da!"

Die Freunde unterhielten sich noch sehr lange über ihre damaligen Abenteuer.

Die Schiffsreparatur ging auch sehr zügig voran, so dass das Schiff nach drei Tagen wieder voll einsatzfähig an seinem Steg lag.

Rasmus kam am Tag der Fertigstellung hoch ins Dorf und verkündete: „Schiff ist fertig, ihr könnt los, wenn ihr wollt. Das hält jetzt jeden Sturm aus. Aber eine Frage hab ich noch, Lars. Sag mir doch mal, wo habt ihr das Teil eigentlich her, solche Schiffe werden doch nirgends gebaut, denn ich habe ja schon viele gesehen, aber so 'n Ding noch nicht. Ich finde das Teil ist echt der Hammer."

„Ja, Rasmus, stimmt! Die Pläne dafür hat mein Vater mitgebracht und der hat sie von seinem Vater. Der war Kapitän in Marstall und er hatte die Pläne bei einem Besuch bei Oma Käte, in Tönningsiel in der Hafenstraße 4, inne Schublade von Oma's Nähkiste versteckt. Da hat mein Vater sie beim

Entrümpeln gefunden und hat sie, wie gesagt, mitgebracht, Knut gezeigt und dann in den 12 Jahren, die wir uns nicht gesehen haben, drei Stück gebaut. Alle hatten mit angefasst und so hat Knut zwei davon und ich dieses hier, und

das Schiff ist mein ganzer Stolz. So ein Schiff nennt man Marstallschoner und wenn man es vernünftig segelt, dann lässt es einen auch nicht im Stich. Das kannst du ruhig glauben."

„Das tu ich, Lars, ich habe mir deinen Marstalldingsbums ja mal so 'n büsschen genauer angesehen. So viel Platz, das Schiff ist ja größer als meine Hütte! Und am liebsten würde ich ja auch mitkommen, aber ich kann die anderen beiden ja nicht alleine hier lassen. Ich möchte gerne noch so 'n büschen Dorf haben, schade, aber nicht zu ändern."

„Ja, so wie das aussieht, könnt ihr ja eigentlich schon mal eure Sachen an Bord bringen", sagte Lars zu Ole und Anne, „und dann zeige ich euch mal das Schiff. Wir werden extra für euch Jaspers Bootsmannskammer herrichten, damit ihr das so 'n büschen separat habt. Jasper hat das selber angeboten und schläft mit bei Jeppe, ist das in Ordnung für euch?"

„Das ist echt lieb von Jasper", sagte Anne, „und wir werden uns noch persönlich bei ihm bedanken, nicht wahr, Ole?" Anne stieß Ole in die Seite und der antwortete: „Ja, ja natürlich!"

Also, gesagt getan. Ole brachte die Sachen aufs Schiff und das war einiges und er fragte Anne: „Sach ma Anne, brauchen wir das alles? Das ist, finde ich, doch ganz schön viel."

Und die antwortete: „Mund halten, tief Luft holen und weiter schleppen, bis alles verstaut ist! Habe ich mich da deutlich ausgedrückt oder wolltest du noch was sagen?"

„Nö, alles gut, war ja nur 'ne Frage. Na denn, einfach weitermachen."

Als Ole es dann doch noch geschafft hatte, kam Lars auf die beiden zu und sagte: „Wir werden noch zwei Tage hier bleiben und ich will dich, Ole, höchstpersönlich mit dem Schiff vertraut machen und dich, Anne, dich natürlich auch. Aber mir wäre

sehr viel wohler bei der ganzen Sache, wenn du dich so 'n bisschen um Willy kümmern könntest, der hat schon die ganze letzte Zeit Bammel davor, dass du ihn aus
seiner Küche vertreiben könntest. Mir wäre es ein persönliches Anliegen, wenn ihr beiden das freundschaftlich zusammen machen könntet."

„Das kriegen wir wohl hin", sagte Anne, „oder was meinst du dazu, Ole?" „Ganz bestimmt sogar", meinte er, „und ich glaube, du solltest sofort damit anfangen."

Anne ging also nun runter in die Kombüse zu Willy, der da schon brummelnd vor seinem Abwasch stand. „Hei Willy, ich wollte dich mal besuchen hier unten und dich fragen, ob du vielleicht Hilfe brauchst."

„Ob ich Hilfe brauche? Ich habe die ganze Fahrt bis hier hin für die Bande gekocht und jetzt, wo mir das so viel Spaß macht, sollst du mich doch ganz bestimmt ablösen, oder?"

„Ich glaube, hier liegt ein kleines Missverständnis vor. Ich bin nicht hier, um dich aus deiner Küche zu vertreiben, Willy. Ich bin hier, um dir ein bisschen zu helfen. Wir können den Laden doch zusammen schmeißen. Was hältst du denn davon?", fragte Anne.

Willy überlegte und brummte: „Das klingt gut. Dann müssen wir beide keine Decksarbeit machen, das liegt mir nämlich überhaupt nicht, weißt du, Anne?"

„Das hab ich mir schon fast gedacht", antwortete Anne, „dabei sind wir beide doch wohl die wichtigsten Leute hier an Bord."

„Genau, also Hand drauf, Partner, ab jetzt schmeißen wir den Laden zusammen und sorgen dafür, dass die Bande was Ordentliches zu Essen kriegt, abgemacht?"

„Abgemacht!", sagte Anne.

Als die beiden sich nun endlich geeinigt hatten, ging Anne wieder an Deck, um nach Ole zu sehen. Der stand mit Lars auf dem Vorschiff und hörte diesem ganz begeistert zu.

„Was macht ihr denn hier?", fragte Anne.

„Och, Lars erklärt mir gerade, wo alle Taue sitzen und das sind einige", antwortete Ole ihr.

„Das stimmt, das ist schon ein ordentliches Gewimmel an Tauwerk, was hier so rumhängt!", rief Anne Ole zu.

„Na, denn macht man schön weiter. Ach übrigens, ich habe mich mit Willy geeinigt. Wir schmeißen ab sofort die Kombüse gemeinsam, und wer über unser Essen meckert, fliegt über Bord und das gilt für alle! Ist das angekommen bei der gesamten Crew?"

Und alle riefen: „Natürlich, ich würde doch nie was sagen. Was meint sie bloß mit nicht schmecken? Mir schmeckt das jetzt schon. Ein Hoch auf unser Küchenpersonal!"

„Na also, geht doch", sagte Anne und meinte: „Ich leg mich jetzt mal so 'n bisschen hin und wäre euch sehr dankbar, wenn das hier alles nicht ganz so laut abgeht. Ich bin echt müde und möchte ein wenig schlafen. Ist das okay?"

„Klar ist das okay, Anne. Ich geh mit den anderen so 'n büsschen Drachenboot fahren, dann sind wir runter vom Schiff und du hast deine Ruhe."

„Das ist eine sehr gute Idee, Ole, hätte fast von mir sein können! Und nun ab mit euch! Um acht gibt das Essen, also bis denn."

Ole, Lars, Jasper, Jeppe, Jelle, Farin, Ede und Fred machten sich auf den Weg zu den Drachenbooten, nur Willy blieb zurück. Der musste ja mit Anne kochen.

„Mensch, guck mal!", rief Farin. „Siehst du das, Lars? Von wegen Nussschale! Das Teil ist doch mindestens 30 Meter lang, oder Ole?"

„Ja, das kommt so ungefähr hin, Farin, aber unser Boot ist kleiner. Wir wollen uns ja nun keinen Ast rudern oder?"

„Rudern, das muss man rudern?", rief Jasper ganz erstaunt.

„Ja", sagte Ole, „das muss man auch mal rudern. Oder wie wolltest du ablegen, Jasper?"

„Öh, genau so, Ole, genau so."

„Na also, dann sind wir uns ja einig", sagte Ole und zeigte runter zu einem Steg und meinte zu Lars: „Schau Lars, da liegt sie, meine Annemarie. Ist sie nicht schön!? Kommt, lasst uns jetzt 'ne Runde drehen, damit wir zum Essen zurück sind. Sonst gibt das Mecker mit Mäuschen und das wollen wir doch nicht, oder Männer?"

„Nö, bloß das nicht", meinte Lars.

„Da hab ich auch keinen Bock drauf", sagte Fred. Als sie nun alle Mann an Bord waren, ruderten sie hinaus auf den Fjord und Ole zeigte ihnen die schönsten Stellen. „Na, was sagt ihr jetzt? Ist das nicht schön hier?"

„Das ist unglaublich", rief Lars, und die anderen kamen aus dem Staunen auch gar nicht mehr raus. „Das ist wundervoll!", rief Jasper.

„So was Schönes habe ich ja noch nie gesehen! Das ist echt der Hammer, Leute. Sag mal Lars, ob das auf Island wohl genau so schön ist wie hier?"

„Ich denke schon", sagte Lars, „aber ich weiß es natürlich nicht, weil ich ja noch nie da war. Aber wer weiß, vielleicht ist das da noch schöner."

„Ich bin schon ganz gespannt auf Island", sagte Fred. „Du auch, Ole?" „Und ob!", antwortete der und sagte: „ Ich kann es kaum erwarten, endlich loszufahren."

„Morgen", sagte Lars, „morgen segeln wir los." „Wieso das denn?", rief Farin.

„Ich denk erst übermorgen!" „Nein, morgen!", rief Lars jetzt etwas doller. „Ole hat Recht, wir wollen jetzt endlich los. Schiff ist in Ordnung, Proviant ist an Bord, es kann losgehen. Und noch was, ich bin jetzt richtig scharf drauf, abzulegen und so 'n paar Isländer zu treffen. Komm, wir fahren zurück und sagen es den anderen."

Sie ruderten wie die Großen und waren alle noch vor Ablauf der Zeit zum Essen an Bord.

Lars versammelte die Mannschaft um sich und sagte: „So

Männer, wir haben heute Nachmittag beschlossen, dass wir schon morgen lossegeln.

Also, Willy und Anne, was haltet ihr davon?" „Hurra!", rief Anne. „Es geht los!"

Und sie tanzte übers Deck, griff sich Willy, drehte ihn ein paar Mal um seine eigene Achse und ließ ihn wieder los. Willy sauste übers Schiff und blieb schließlich auf einem Haufen Tauwerk liegen. „Mann, was war das denn?"

„Ein sogenannter Abtanz", lachte Anne. „So, jetzt muss ich aber noch schnell meiner Mutter Bescheid sagen, dass wir schon morgen segeln. Wir können ja nu nicht so einfach verschwinden", mahnte Anne. Und schwuppdiwuppdi, war sie auch schon von Bord.

„Ich geh dann auch besser mal Bescheid sagen", meinte Ole.

„Ja, besser is das", sagte Lars.

„Also denn bis morgen, Männer!"

Und die Crew rief: „Jo, bis morgen!"

Und alle gingen schlafen.

Kapitel 7 : Auf nach Island

Auf nach Island

Am nächsten Morgen kam nun das gesamte Dorf runter zum Steg. Lars und seine Crew waren gerade dabei, die letzten Vorbereitungen für die große Fahrt zu treffen, als Sven nach vorne trat und sagte: „Hei Lars, sach ma, willst du schon los? Ole erzählt mir, ihr wollt heute schon los. So ein Mist, ich wollte doch noch mal segeln mit dem Teil, nu wird das ja wohl auch wieder nix."

„Doch klar, Sven, wird das was! Was ist denn mit dir los? Aufgeben, das kenn ich ja gar nicht von dir. Du segelst mit bis zum Ende des Fjords! Und nimm bloß Sören mit, sonst weint der auch noch." „Ja, cool und dann?"

„Dann segelt ihr schön wieder nach Hause zu Mama, damit das keine Haue gibt. Ihr beide segelt mit uns und Rasmus mit deinem Schiff hinter uns her und der nimmt euch dann wieder mit zurück, ist das okay?"

Sven sah Lars an, dann seine Frau und wartete auf ihre Reaktion. „Okay!", rief Freya. „Aber nur bis zum Ende des Fjords! Und kommst du ohne die beiden zurück, Rasmus, stecken wir dich in Frauenkleider!

„Und du wirst Wäsche waschen bis zum Sankt Nimmerleinstag!", rief Trine. „Hast du das verstanden, Rasmus?!"

„Ja, klar hab ich das verstanden, ich bin ja nicht doof. Immer muss ich diese miesen Jobs erledigen, warum macht das nicht mal ein anderer?"

„Weil du in Frauenkleidern am besten aussiehst!", rief Sven und ging rüber zu Sören. „Na Alter, komm, lass uns mal so 'n büsschen übern Fjord schlittern. Ich bin ja schon so was von aufgeregt, ich glaub, ich muss aufs Klo."

„Nu mal sachte", sagte Sören, „erst gehen wir mal an Bord." „Und denn?", fragte Sven. „Und denn, denn muss ich auch mal.

Ich bin Erster!", rief Sören und rannte nun auf dem Schiff rum und suchte das Klo. Willy kam noch gerade rechtzeitig, um es den beiden zu zeigen, bevor es zu spät war. „Ich hätte wetten können, dass die das nicht schaffen", sagte Freya.

„Die Wette hätte ich gehalten", lachte Trine, „lass die beiden man ruhig mitfahren und ihren Spaß haben, wir werden uns den Tag auch schön machen. Ich weiß nämlich, wo Sven den Beutel mit seinem Metgeld hat und wir brauchen doch ganz dringend neue Schuhe oder meine Liebe?"

Kichernd und noch mal winkend gingen die beiden Frauen ins Dorf zurück und machten eine Shoppingrally durch das gesamte Dorf.

Bei Sven und Sören wurde es jetzt spannend. Er fragte Lars richtige Löcher in den Bauch und von Sörens Seite war das nicht viel anders.

Als es dann losgehen sollte, gingen sie dann doch lieber ein Stück zur Seite und ließen es die Jungen machen.

„Alles klar bei euch?", rief Lars jetzt übers Schiff. „Ole, Anne, habt ihr euch beide das gut überlegt?" „Na klar Lars, alles gut."

„Na denn, auf geht's! Jasper, Ole ans Klaufall , Ede und Farin an die Pik, Jeppe, du machst die Vorsegel klar und ziehst sie auch gleich hoch, Fred und Jelle, ihr Tüttelt das Schiff los und geht dann an den Besan, und ihr beiden Väter, ihr helft den beiden dort. Und ich dreh so 'n büsschen am Rad."

Nun war es also soweit, jetzt ging die Reise um die Welt echt wirklich los.

Fred warf die Vorleine los und Jelle die Achterleine und die Spring. Die Steuerbordvorleine hing noch an einem Pfahl, der etwas weiter draußen stand. Die Großmastcrew legte die Vorleine jetzt auf das Ankerspill und drehte die Annemarie Petersen zu diesem hinaus. Ole keuchte beim Drehen des Spills und meinte: „Das ist aber schon 'ne ganz schöne Nummer hier!"

„Ja", sagte Jasper, „das ist ja auch kein Drachenboot. Da sitzt schon was hinter. Aber nun weiter, wir haben es gleich geschafft. Okay, aufhören zu drehen und klar machen zum Segelsetzen!"

Das große Schiff trieb jetzt in Richtung Pfahl und legte sich dagegen. „Los Männer!", rief Lars.

„Hoch mit de Plünn und Schoten dicht! Auf geht's!"

Das Schiff nahm jetzt Fahrt auf und die Jungs tobten und tollten über Deck. „Klüver mehr durchholen, Fockschot fieren, Groß- und Besanschot auf halben Wind dicht!", rief Lars und drehte sein Schiff auf Kurs offene See.

Rasmus und seine Crew staunten nicht schlecht, als die Annemarie Petersen unter Vollzeug vor ihnen segelte.

„Wow, was für ein Anblick! Mann, da kommen mir fast die Tränen", sagte er und rieb sich die Augen.

„Na Männer, ist das was? Ist das nicht eine Schönheit oder was?" „Schön ist das Schiff ganz bestimmt", sagten seine Männer, „aber viel zu viel Plünn drauf. Das dauert ja ewig und kommen los! Das ist nix für 'ne richtige Feindfahrt."

„Ja, das mag sein", rief Rasmus nun laut auf. „Aber schön ist es doch und keine Widerrede!"

Bei Lars an Bord lief jetzt alles perfekt. Sie segelten nun vor dem Wind ganz ruhig den Fjord raus. Sven stand mit Sören an der Reling und schaute nach oben.

„Ganz schön viel Tuch", sagte er und Sören antwortete: „Verdammt viel Tuch und Platz und überhaupt. Geiler Kahn! Hättest du das gedacht, Sven, dass die Burschen noch mal vorbei kommen?"

„Nä, niemals, aber warte mal, ich habe da noch was." Er ging nun langsam mit Sören nach Achtern, griff unter sein Hemd, zog eine Rolle heraus und sagte zu Lars: „Hallo, ich hab da noch was für euch."

Lars stand voller Erwartung an seinem Ruder und fragte: „So, was denn?" „Das hier", sagte Sven und rollte das Tuch aus. „Eine Flagge!", rief Lars.

„Ja", sagte Sven, „aber nicht irgendeine Flagge, sondern

unsere Stammesflagge! Sie soll mit euch um die Welt segeln. Wenn wir beide schon nicht mit euch segeln dürfen, soll doch wenigstens unser Stammeszeichen euch begleiten!"

„Das ist ja eine super Idee!", erwiderte Lars und rief Ole zu sich. „He Ole, dein Vater hat eure Flagge dabei und möchte, dass sie mit uns um die Welt segelt! Und ich möchte, dass ihr sie zusammen setzt. Wir rufen jetzt alle nach Achtern und sagt auch Willy und Anne Bescheid. Alle sollen daran teilnehmen und ich möchte auch, dass Rasmus und die anderen an Bord kommen. Ruf doch mal einer rüber, dass er längsseits kommen soll. Denn ich finde, bei so 'ner scharfen Aktion sollten doch alle dabei sein, oder was?"

Gesagt, getan! Jasper nahm sich das Nebelhorn und tutete rüber zu Rasmus und winkte ihn zu sich. Lars ließ nun Groß- und Besanschoten dichtholen, damit das Schiff langsamer wurde und Rasmus aufholen konnte, bis er schließlich längsseits lag und sich an der Annemarie Petersen vertäute. Als nun alle Mann an Bord bei Lars waren, sagte er: „He Leute, hört alle mal her! Unser Schiff wird ab heute unter einer neuen Flagge segeln, nämlich unter der Flagge des Svenssonclans. Wir sind stolz, dass wir das dürfen und werden sie in Ehren halten, bis wir sie wieder zurückbringen und Sven und Sören als Ehrenkapitäne in das Logbuch der Annemarie Petersen eintragen werden. Also, nu geht das los! Runter mit dem Großsegel und ab mit dem Dannebrog! Hier ist ab jetzt der Platz des Svenssonbanners!"

Und sie fierten das Segel, bis es unten auf den Baum lag. „So Sven und Ole, ihr nehmt jetzt unsere Flagge ab und setzt eure."

„Willst du das wirklich machen, Lars?", fragte Ole ganz vorsichtig. „Ja klar! Runter mit dem Ding!"

Sven und Ole gingen nun an die Arbeit und in wenigen Minuten hatten sie die eine Flagge abgetüttelt und die eigene wieder an und strahlten übers ganze Gesicht. Sven hatte seinen Arm um seinen Sohn gelegt und platzte fast vor Stolz.

Und was machte Anne? Heulen, was auch sonst.

Lars stand auf seinem Achterdeck und rief: „Und jetzt das Ganze wieder rauf." Jasper, Farin, Ede und Willy zogen nun das Segel wieder hoch und das Banner wehte gut sichtbar im Wind.

„Jetzt sind wir alle Wikinger!", rief Willy übers Schiff. „Genau", antwortete Lars ihm, „und was machen Wikinger? Ja genau, feiern. Da vorne ist 'ne schöne Bucht, also hin da, Anker runter, Segel weg und Metfässer hoch! Was haltet ihr denn davon?"

„Hurra!", rief die gesamte Mannschaft und Lars genau so.

Die Annemarie Petersen lag nun vor Anker und der Feier stand nichts mehr im Wege. Das Deck war voller Metfässer, alle tranken und tanzten über das Schiff bis spät in die Nacht und als der Morgen anbrach, taumelten einige immer noch irgendwie irgendwo hin und her.

Es dauerte nicht lange, so bis zum späten Nachmittag, bis alle wieder so einigermaßen gerade standen, als Sven sich aufrappelte und Anstalten machte, auf sein eigenes Schiff zu gehen.

„So Leute, das war ein Spaß, aber wir müssen ja nu leider wieder zurück. Ich bin schon richtig gespannt darauf, was deine Mutter sagt, wenn sie den Zettel gefunden hat, der in meinem Metbeutel liegt."

„Was steht denn da drauf?", fragte Ole. „Ach, nichts Besonderes, nur: „Hallo mein Schatz, es gibt keine Schuh, nu mach den Beutel wieder zu."

„Bist du verrückt geworden? Das ist doch glatter Selbstmord, Mann!" „Ach was, die kriegt sich schon wieder ein, nicht Sören?"

Sören nickte und sah den Blick von Anne sehr deutlich, als er sagte: „Komm, wir schmeißen uns noch so zwei bis drei Fässer auf die Freya und brauchen dann eben ein paar Tage länger, nicht wahr, Anne? Ich als Mann in der Familie und Wikinger kann mir das ja wohl erlauben, oder?"

Anne sah Sören an, als würde sie alle nordischen Götter rufen, die irgendwas mit Haue verteilen zu tun haben könnten, um sie dann auf ihn zu hetzen, aber sie sagte nur kurz und schnippisch: „Pöh, mach doch!", drehte sich zu Ole um, sah ihn genauso an und ging in die Kombüse zu Willy.

„So ein Mist, Mann! Jetzt muss ich den ganzen Kram wieder ausbaden. Ladet bloß euer Zeug auf und segelt nach Hause! Und hoffentlich steckt Mutti euch alle in Frauenkleider und sorgt dafür, dass ihr die anbehaltet bis wir wieder da sind."

„Ist er nicht süß, Sören?", sagte Sven. „Mein Sohn völlig außer Rand und Band, hach, dass ich das erleben darf!"

„Aber Anne war auch nicht schlecht", lachte Sören. „Darf ich ihnen an Bord helfen, Frau Sven?"

„Ach, das ist aber lieb von Sie, Fräulein Sören! Und was ist mit Ihnen, liebste Rasmus? Können wir jetzt fahren, weit fort von diesen Rohlingen?"

„Das kann doch wohl nicht wahr sein!", rief Ole.

„Ja, haut bloß ab und Mutti erzähle ich das auch!"

Doch Sven wusste ganz genau, dass Ole ihn niemals verraten würde und kam noch mal zurück an die Reling.

„Ist ja schon gut, mein Junge. Passt gut auf euch auf, wir haben euch alle ganz doll lieb und denkt daran, ihr kennt Erik den Roten nicht und keins seiner Kinder! Habt ihr mich verstanden? Das gibt bloß Ärger! So, und jetzt legen wir ab. Gib Anne noch einen Kuss von Mutti und mir und sag ihr, dass ihr beide die wichtigsten Menschen in unserem Leben seid."

Sören war noch einmal an Bord gekrabbelt und in die Kombüse gegangen.

„Na, wo ist denn meine kleine Eingeschnappte, na, wo ist sie denn?" Anne saß mit hochrotem Kopf am Tisch und quälte irgendein Gemüse zu Tode, das dafür herhalten musste, was die beiden Väter angestellt hatten. „Nu komm schon, Anne, war doch bloß Spaß, lass dir doch von uns alten Säcken die Reise nicht verderben. Komm mal her und lass dich drücken und denn ist wieder gut!"

Es dauerte dann auch wirklich nicht lange, bis Anne vom Gemüse abließ und vom Tisch hoch sah. Sören schmunzelte und fragte: „Ist es tot?"

„Du oller, dummer Brummbär!", rief sie, stand auf und sprang an ihm hoch. „Mach nie wieder so 'ne Sachen, versprochen?"

„Versprochen", sagte Sören, „aber bei Ole musst du dich, glaube ich, entschuldigen. Der wusste nichts von unserem Scherz."

„Okay Papa, das muss ich denn ja wohl tun."

Als die beiden nun an Deck kamen, ging Sören auf Ole zu, der mit seinem Vater an der Reling stand und wieder lachte, als wenn nichts gewesen wäre.

„Hey Ole, du versprichst aber, immer gut auf meinen Goldschatz aufzupassen, abgemacht?"

„Na klar ist das abgemacht. Aber nicht nur ich werde immer über sie wachen, das gesamte Schiff wird das tun, nicht wahr, Männer? Unser Schwert und unser Schild gehören unserer Königin vom Svenssonclan."

Anne nahm Ole bei der Hand und sagte: „Entschuldige bitte, dass ich geglaubt habe, dass du mitgemacht hättest, was die beiden Schlawiner sich da ausgedacht hatten. Ich hätte es wissen müssen."'"

„Ach Anne, alles nicht so schlimm, aber jetzt, wo die beiden von Bord sind, könnten wir doch aufbrechen und unser Abenteuer beginnen lassen. Was haltet ihr davon, Männer?"

„Kaptain, sag was, ab um die Welt oder was?"

Lars sah seine Crew an und wusste: Jetzt oder nie und rief: „Na denn, worauf warten wir noch? Segel setzen, Anker auf! Leute, und jetzt wird es ernst! Leeschoten dicht, Topsegel setzen, Fock, Außen- und Innenklüverschoten dicht und ab die Post, **auf nach Island!**"

Kapitel 8 : Island

Island

Die Anne Marie Petersen segelte nun das letzte Stück Fjord hinunter. Ole und Anne standen eng umschlungen an der Reling. „Schau dir das noch einmal ganz genau an, Anne", sagte Ole, „das wird verdammt lange dauern, bevor wir beide unser schönes Norwegen wieder sehen."

„Ja, ich weiß, aber ich bin überhaupt nicht traurig. Immerhin segeln wir um die Welt, mit allen unseren Freunden, und wer kann das schon von sich behaupten, dass er das erlebt hat. Aber mal was ganz anderes, du siehst echt gut aus in deiner Seemannskluft, Ole! Stimmt doch, nä Lars?"

Und der erwiderte: „Na klar, und erst de Bücks. Na ja, vielleicht so 'n büsschen weit und kneift vielleicht auch noch unter den Achseln, aber sonst topp! Oder was meint ihr?" Jasper wollte gerade aufentern, um den Block für die Topsegelschot los zu tütteln, und sagte im Vorbeigehen: „Ich finde ja den Pulli ganz süß."

Er sah zu, dass er rauf in die Wanten kam. „Jetzt ist aber genug!", rief Ole. „Ha, ha, ha, selten so gelacht! Habt ihr jetzt euren Spaß gehabt? Ihr seht doch nicht besser aus, ihr Tröten."

Lars meinte: „Seht ihr, wir sind gleich raus aus dem Fjord und werden dann vor den Wind gehen. Also alle Schoten auf, den Großbaum nach vorne sichern und den Besan auch! Alles klar?"

„Jo Kaptain", rief Jasper, „komm Ole, wir binden den Baum nach vorne, damit der nicht zurück schlagen kann, denn vor dem Wind kann das Schiff schon mal ordentlich schlingern und denn ist das besser, der ist vorne fest. Soweit verstanden?

„Ich glaub schon", sagte Ole und half Jasper dabei, die Bäume zu sichern. Die anderen waren damit beschäftigt, die Segel auszurichten, um optimale Fahrt ins Schiff zu kriegen und das klappte auch. Das Schiff tanzte förmlich auf den Wellen und das Dröhnen der Bugwelle war sehr deutlich zu hören.

„Wie weit ist das eigentlich nach Island?", fragte Ede Lars, der an der Reling stand und Jasper das Ruder überlassen hatte.
„Keine Ahnung. Fünf Tage vielleicht, schauen wir mal."
„Fünf Tage", sagte Farin, der neben Ede stand.
„Das ist nicht lange." „Na ja, so ungefähr", sagte Lars.
„Aber ihr werdet es spüren, wenn wir darauf zu segeln. Denn dann wird es bannig kalt werden und Eis wird im Wasser rum schwimmen. Also ab dem dritten Tag geht einer immer Wache wegen der Eisschollen und dann werden wir uns da irgendwie durchmogeln, verstanden?" Beide nickten.
„Gut Männer, und jetzt wieder an die Arbeit." Sie segelten so ungefähr drei Tage und Nächte. Da rief Jeppe, der oben im Ausguck stand: „Land in Sicht! Steuerbord voraus!"
Lars rannte auf das Vorschiff und konnte das Land auch erkennen. „Ist das schon Island?", fragte Farin.
„Nee, noch nicht", sagte Lars, „das ist hier noch nicht kalt genug, das müssen die Färöer sein. Aber da wollen und müssen wir nicht hin. Wir müssen weiter, also segeln wir daran vorbei", sagte Jasper.
„Genau, und wir halten unseren Kurs genau so weiter. Dann müssten wir, wenn wir nicht irgendwann bremsen, direkt drauffahren. Also denn, Männer, Augen aufhalten und weitermachen."
Nun segelten sie an den Färöern vorbei und hielten ihren Kurs weiter Richtung Island. Am dritten Tag, Ede stand im Ausguck, bemerkte der etwas Großes, Weißes vorm Schiff und rief: „Eis Steuerbord voraus!"
Lars kam sofort aufs Vorschiff und sah nun auch die mächtige Eisscholle, die da vor dem Schiff rumtrieb.
„Wir müssen einen großen Bogen um das Teil segeln. Die Dinger sind unter Wasser noch so 'n ganzes Ende größer als drüber!", rief Lars. „Also Segel fieren und nach Backbord abfallen!" Jasper führte den Befehl sofort aus und das war auch gut so, denn als die Annemarie Petersen an der Eisscholle

vorbei segelte und die Jungs über die Reling weg ins Wasser sahen, war das schon bös dicht dran an dem, was da so unter Wasser war.

„Puh, das war aber knapp", sagte Lars. „Davon ein paar mehr und meine Nerven gehen zu Fuß."

Sie brauchten noch so ungefähr drei Tage und sechs Eisschollen, bis das Ziel vor ihnen auftauchte.

Es war ein sonniger Samstagmorgen.

Willy und Anne machten das Frühstück in der Kombüse und die anderen waren mit ihrer Decksarbeit zugange, als vom Ausguck, in dem diesmal Jeppe stand, kam: „Land , da vorne ist Land! Das muss Island sein! Wir sind da!"

„Goa mool wech dor und loht mie mool kieken!", rief Lars nun Jeppe zu und tatsächlich: Land vorm Bug und alles sah so aus, wie als würde das Island sein. „Wie geil ist das denn!?", rief Lars den anderen zu.

„Wir haben das wirklich bis hier her geschafft!" Er griff sich den Erstbesten und drückte ihn ganz doll.

Jasper war derjenige, der mal wieder dran war, und sagte: „Ach Mensch, immer dieses Umarmen, ich mag das bald nicht mehr haben. Der soll sich endlich mal 'ne Frau suchen! Und das machen wir jetzt auch und zwar hier.

„He Lars", rief Jasper und alle drehten sich zu ihm um, „ich hab keinen Bock mehr auf dieses ewige Abschmusen! Du hast jetzt genau zwei Möglichkeiten: Entweder du besorgst dir hier selber 'ne Frau oder wir tun das für dich, hast du verstanden?" „Was soll das, Jasper? Warum soll ich mir 'ne Frau besorgen?"

„Das kann ich dir ganz genau sagen, du oller Kaptain! Damit ich aus dieser Schmusenummer raus komme! Und 'ne Freundin für Anne wäre doch auch nicht schlecht, oder? Und wenn das eine von hier ist, hat die auch Ahnung, wie man am besten an warme Klamotten ran kommt. Passt doch alles wie Faust aufs Auge, oder?" Anne stand jetzt auch auf Deck, aber die beiden hatten sie gar nicht bemerkt, bis sie sagte: „Och, 'ne Freundin wär ja so schlecht nicht."

Ole ging jetzt dazwischen: „Sach mal, Anne, Lars muss sich ja nu doch keine Frau anschaffen, damit der eine nicht mehr gedrückt wird und du 'ne nette Freundin bekommst. Also ehrlich, findet ihr beiden das nicht so 'n büschen egoistisch?"

„Ist ja schon gut", sagte Jasper nun kleinlaut. „Aber komm, einen Versuch, den alten Schipper endlich zu verkuppeln, war's doch wert, oder was?"

„Das finde ich auch, Lars könnte ruhig mal seinen Macho abschaffen. Der zieht sowieso nicht mehr."

„Pöh", sagte Anne nun eingeschnappt, aber Ole half Lars aus der Situation und rief nun laut: „Sach ma, hast du nichts zu tun? Ich glaub ja, dass ich gerade Willy hab rufen hören, Anne. 'Anne wo bleibst du?'"

Anne sah Ole an und sagte: „Pöh, denn eben nicht, Männer. Eigentlich sollte man euch alle zum Mond schießen."

Ole hielt sie am Arm fest und fragte sehr freundlich: „Alle?"

„Na ja gut, du darfst hier bleiben. Aber alle andern fliegen mit, versprochen!" Und weg war sie.

„So, ist jetzt alles wieder klar?" „Jo!", riefen sie. „Na denn, wir segeln um die Insel rum und suchen uns einen vernünftigen Ankerplatz. Also, Jasper, anluven und Schoten dicht!"

Das Schiff lief nun an der Insel vorbei. Ole stand an der Reling mit Lars zusammen und sagte: „Das ist ja fast genauso wie Zuhause." „Es ist wunderschön, nur zu kalt", antwortete Lars, ging zurück zu Jasper und sagte: „Wir wollen gleich 'ne Wende fahren, du machst das schon. Ich geh mal wieder Kurs berechnen, bin voll müde. Also die leiseste Wende, die du kannst, danke."

Jasper rief seinen Männern zu: „Wir wollen gleich mal 'ne Wende fahren, also Schoten dicht und ich versuch mal so 'n büsschen mehr Fahrt in die alte Dame zu kriegen."

Jasper ging nun höher an den Wind und das Schiff wurde zusehends schneller.

„Okay Männer, ich glaube, wir sind jetzt schnell genug. Klar zur Wende!" Klar is!", riefen sie. „Na denn Ree, Leeschoten los, Klüwerschot erst los, wenn ich es sage! Luvbackstag los, Klüwerschot rüber und dicht, Backstag wieder fest, Schoten alle wieder dicht, Leinen auftütteln und mit irgendwas weitermachen!" Jeppe und Ole standen nun auf dem Vorschiff. Sie schnupperten den Duft ein, der aus der Kombüse kam, als Jeppe plötzlich etwas im Wasser schwimmen sah.

„He Ole, siehst du das auch? Was um alles in der Welt ist das?" Ole sah jetzt auch genauer hin und sagte: „Das ist ja komisch, für 'n Boot zu klein, aber irgendwie bewegt sich das Teil gerade auf uns zu."

„Sachen gibt das", meinte Jeppe nur. „Ole, du bleibst hier stehen und verlier das Ding da bloß nicht aus den Augen! Ich hol mal Jasper. Der soll sich das auch mal ansehen." Jasper kam nun aufs Vorschiff und meinte: „Was ist hier los? Was soll ich mir ansehen?"

„Das da", sagte Ole, „wir kriegen Besuch."

Es waren Kajaks, die da auf die Annemarie Petersen zuhielten und sie kamen sehr schnell näher.

„Ahoi!", rief Lars, aber es kam keine Antwort. In den drei Kajaks saßen total eingemummte Menschen und als sie dicht genug waren, rief einer von ihnen rüber: „Hallo, wer seid ihr? Solch ein großes Schiff haben wir ja noch nie gesehen!"

„Wir sind hier nur zu Besuch", rief Lars, „und wer seid ihr? Kommt doch an Bord, dann können wir reden!"

„Ja gut, wir kommen zu euch aufs Schiff." Es dauerte keine zehn Minuten, dann waren die drei Isländer an Bord.

„Hallo", grüßte Lars, „darf ich uns mal vorstellen? Das hier sind Ole, Anne, Willy, Ede, Farin, Fred, Jasper, Jeppe und Jelle. Ich bin Lars. Und wie sind eure Namen?" „Das ist meine Familie: Najuk, Sojuk und ich bin Hejuk. Ihr wollt uns also mal besuchen, das ist schön, das habt ihr ja nu auch gemacht. Aber mich würde mal interessieren, was da so nach dem Besuchen kommt."

„Aha, du bist einer von der ganz vorsichtigen Sorte. Na ja, man kann ja aber auch nicht vorsichtig genug sein. Wir wollten uns mal so eure schöne Insel ansehen und wer da so drauf wohnt und danach segeln wir weiter und zwar einmal um die ganze Welt."

„Wow, einmal um die ganze Welt. Das ist ja der Hammer, das haut ja den stärksten Isländer vom Schlitten! Ihr habt aber zufällig nichts mit den Red Eriks zu tun?"

„Red Eriks, was bitteschön soll das denn sein?"

„Das sind sozusagen die miesesten Typen, die uns Erik der Rote vererbt hat. Diese Gang hat irgendeiner seiner verkommenen Söhne gegründet und nun meinen sie, dass ganz Island ihnen gehört."

„Wer ist denn Erik der Rote?", fragte Ole ganz vorsichtig.

„Wer Erik der Rote ist?", rief Hejuk nun laut auf und drehte sich seiner Familie zu und die mussten nun alle lachen.

„Habt ihr etwa noch nie was von dem gehört?"

„Nein, haben wir nicht", sagte Ole, „muss man den kennen?"

„Nein, muss man nicht", sagte jetzt Sojuk, „man sollte eigentlich gar keinen von diesen Halunken kennen."

Sojuk war die Tochter von Hejuk und Najuk. Gerade siebzehndreivietel und voll auf dem Weltverbesserer-Trip.

„Ihr seid aber vielleicht genau die Richtigen, mit denen wir eine Revolution gegen diese miesen Typen starten könnten. Wenn ihr Bock habt, kommt doch mit in unser Dorf, dort könnt ihr euch denn ja selbst ein Bild davon machen, was das für Möchtegerncoole sind. Das Schlimme an der ganzen Aktion ist nur, es sind sehr viele. Aber wirklich was drauf haben die nicht, na ja, seit wann kann Brot denken."

„Sojuk!", rief nun Najuk. „Tochter, du kannst doch nicht

gerade angekommene Gäste für deine geplante Revolution rekrutieren. Entschuldigt bitte, aber sie möchte immer für die Gerechtigkeit kämpfen, findet hier jedoch keine Anhänger."
„Das kann ich verstehen", sagte Lars, „aber angucken können wir uns das schon mal. Oder was meint ihr, Männer?"
„Wieso nur ihr Männer, wir sind auch noch da und wir werden mitgehen!", rief Anne, die nun aus der Kombüse herauskam. Sie ging sofort zu Sojuk und sagte: „Wir gehen auch mit und keine Widerrede!"
Lars drehte sich einmal in die Runde und sah seine Kumpels alle nicken. „Okay, gebongt, alles klar, wir kommen bis auf Willy alle mit, denn Willy habe ich gerade für die Ankerwache eingeteilt und zwar genau hier.
Also Männer, klar zum Segelbergen und runter mit de Plünn, alles festtütteln und denn Anker weg!"
Hejuk, Najuk und Sojuk hatten so etwas vorher noch nie gesehen und standen mit weit geöffnetem Mund da. Lars ging auf sie zu und sagte: „Entschuldigt die kurze Unterbrechung, aber wir mussten eben mal anhalten.
Also, wir kommen heute Abend zu euch und gucken uns die Typen mal an, ist das in Ordnung?" „Ja, absolut in Ordnung, da sind wir alle sehr gespannt."
„Wir auch", sagte Lars, „wir auch."
Als es Abend wurde, ruderten sie nun alle, bis auf Willy, rüber zum Dorf. Dort angekommen ging der Ärger auch gleich los. Sojuk rannte auf Lars zu und fiel ihm um den Hals, was einer von den Red Eriks mitbekam. Cool schlendernd ging er auf Lars zu und sagte: „He Fremder, das is meine Braut! Willst du Ärger oder was?"
Lars schob Sojuk zur Seite: „Meinst du mich, du Brauseteddy? Dreh dich mal um, Mann. Was steht da hinten drauf, Red Eriks? Was ist das denn für ein Name? Euer Kindergarten oder was? Ich finde, das ist schon ganz schön spät, also hau ab oder soll ich dich selbst ins Bett bringen?"

Der Red Erik stand wie angewurzelt da.

So etwas hatte sich noch nie jemand getraut.

Die anderen standen jetzt auch hinter Lars und der Red Erik erkannte seine Situation sehr schnell und rief voll wütend: „Ich komme wieder!"

Und Lars rief zurück: „Ja genau, und bring noch ein paar Kumpels mit, sonst bringt das keinen Spaß."

Der Red Erik verzog sich und es kehrte Ruhe ein, aber nur für einen Augenblick, denn Sojuk fiel Lars schon wieder um den Hals und rief: „Ach Lars, du mein Revolutionsführer, du mein Held, oh du göttlicher Befreier!"

Als Jasper das hörte, bekam er richtig ein schlechtes Gewissen. Na klar wollte er, dass Lars 'ne Frau kennenlernt, aber so 'ne ausgetikkerte Revoluzzerbraut, das musste nu nicht unbedingt sein.

Lars schob Sojuk wieder zur Seite und sagte: „Nix Revolutionsführer, Seemann! Ich bin Seemann! Okay, wir helfen euch bei diesem Problem, aber wenn das erledigt ist, dann segeln wir weiter, ist das angekommen?"

Er drehte sich um, ging auf Jasper zu, sagte: „Die nicht!", und ging weiter. Jaspers Kommentar dazu war: „Puh, gerade noch mal gut gegangen."

Er ging hinter Lars her. „Wo willst du denn hin, Lars?"

Der antwortete nur: „Trommle die anderen zusammen, wir gehen zurück aufs Schiff! Nich fragen, machen!"

„Geht klar", sagte Jasper und holte die anderen. Als sie denn nun alle wieder auf dem Schiff waren, platzte Willy fast vor Neugier.

"Was war denn los? Habt ihr ordentlich Haue verteilt? Sagt doch was!"

„Nein Willy, wir haben keine Haue verteilt, obwohl so 'n paar anne Ohrn und 'nen ordentlichen Tritt in den Hintern hätte der kleine Erik schon gut haben können."

„Kriegt der noch", sagte Ole, der etwas abseits an der Reling stand und sich die ganze Sache auch mal durch den Kopf hatte gehen lassen.

„Wie, kriegt der noch? Das nächste Mal hat der Mutti und Tante dabei, da geht das nicht mehr mit einschüchtern ab. Ich kenne seine Kumpels nicht und ich weiß auch nicht, wie viele das davon gibt."

„Das macht doch gar nichts, Lars. Wirst du jetzt Schisser, oder was? Hör zu, ich weiß von meinem Vater, dass Erik der Rote sich auf den Färöern unter aller Kanone benommen haben soll. Was wäre, wenn Jasper, Jeppe und Jelle das Dingi nehmen, dort hinsegeln und den Leuten mal so 'n paar Geschichten erzählen. Zum Beispiel, dass sie von Seehunden abstammen und ihre Frauen aussehen, als wenn sie eine Kreuzung zwischen Islandpony und Pinguin wären und dass es einen ganzen Verein von Leuten gibt, der diesen Erik in den Himmel hebt. Ich weiß auch, dass diese Färöertypen fast alle ausgewanderte Wikinger sind und von Erik dem Roten ziemlich an der Nase herum geführt worden sind und für einen kleinen Wiedergutmachungsfeldzug ganz bestimmt sehr zu haben sind."

„Das ist genial, Ole", sagte Lars, „und was hältst du davon, Jasper?" „Klingt gut", sagte der. „Und ihr beide?"

Jeppe und Jelle nickten. „Morgen früh segeln wir los."

„Was machen wir jetzt, Ole?", fragte Lars. „Erst mal schlafen gehen und dann das gleiche noch mal. Einschüchtern bis zum letzten Mann und den Rest machen dann die Leute von den Färöern."

„Und wie wollen wir das machen? Ich meine das mit dem Einschüchtern", fragte Lars. „Ganz einfach, du denkst nur daran! Wenn du das nicht tust, dann musst du hierbleiben. Dann musst du Sojuk heiraten und denn ist Flötepiepen mit deiner Weltumseglung und wir müssen dich dann leider hier lassen, denn auf uns wartet ja noch die ganze Welt. Angekommen?"

„Das würdet ihr niemals tun, Ole." „Nein. natürlich nicht, wir lassen dir Willy hier, damit du nicht nur unter der Fuchtel von Sojuk hängst und eine Revolution nach der anderen bestreiten musst. So, und jetzt mach dir mal nich so 'n Kopp! Geh einfach hin und brüll die Typen an, hast doch gehört, was Sojuk gesagt hat. Die sind nur so cool, wenn sie in der Gruppe sind und wir werden dafür sorgen, dass das nicht so ist. Und jetzt geh schlafen, das wird morgen so 'n richtig spaßiger Tag."

Am nächsten Morgen sagte Ole zu Lars: „Komm! Nu is das soweit. Lass uns mal rüber an Land und mal sehen, was die Burschen da so drauf haben. Wenn wir sie darüber informieren, dass Jasper, Jeppe und Jelle zu den Färöern segeln, um da Bescheid zu sagen, dass hier ein Fanclub von Erik dem Roten über sie herzieht, dann möchte ich die Gesichter schon live sehen.

Nun kommt, laßt uns los. Ich bin ja schon so gespannt, Mann!"

Als sie nun an Land angekommen waren, schoben die drei Färöer Informanten das Dingi wieder zurück ins Wasser und segelten los.

„Tschüß, bis in einer Woche!", rief Jasper nur, zog die Schot dicht und segelte los.

„Wir beide gehen jetzt ins Dorf", sagte Ole zu Lars, „und machen das genauso, wie ich es dir gesagt habe."

Sie kamen ins Dorf und alles schien sehr friedlich abzugehen. Aber der Schein trog, denn als sie die Begrüßungszeremonie hinter sich gebracht hatten und die Leute im Dorf Bescheid wussten, was sie nun vorhatten, fing auf einmal die Erde an zu beben.

„Was ist das?", fragte Lars und Sojuk antwortete ihm: „Das können zwei Sachen sein. Entweder ist es ein Geysir oder es sind die Red Eriks auf ihren Islandponys, die sehen wollen, ob ihr noch da seid."

„Okay", sagte Ole, „pass jetzt mal schön auf, Lars, wie wir das machen. Du wirst staunen, wie mutig wir sein können."

70

„Dein Wort in Odins Gehörgang", sagte Lars. Es waren tatsächlich die Red Eriks, die da angeritten kamen. Auf der Dorfmitte blieben sie stehen, stiegen ab und der Boss von das Ganze kam nun auch direkt auf die beiden Weltumsegler zu. „Was ist hier los? Wer seid ihr und was bildet ihr euch eigentlich ein, einen meiner Männer vor dem gesamten Dorf bloßzustellen? Seid ihr eigentlich nur verrückt oder lebensmüde oder beides?"

„Äh Lars, hast du eigentlich irgendwas von dem verstanden, was der da von sich gibt? Entweder labert der nur dummes Zeug, oder..."

Weiter kam Ole nicht, denn Lars musste gerade daran denken, dass er, wenn er jetzt nicht reagieren würde, da bleiben musste, heiraten musste und den Rest seines Lebens mit Willy, Sojuk und ganz vielen Revolutionen teilen würde, und so sprudelte es aus ihm heraus: „Halt mal die Luft an, du Hilfsjockey! Ich an deiner Stelle würde hier mal ganz kleine Brötchen backen! Und jetzt steig wieder auf deinen Gaul und verschwinde! Hast du mich verstanden?!"

Der Boss der Red Eriks sah Lars nun mit großen Augen an: „Was soll ich? Verschwinden? Da hab ich mich doch wohl gerade verhört oder was?"

„Nein, hast du nicht!", rief Lars jetzt ziemlich laut. „Du hast mich sehr wohl verstanden und jetzt reichts mir auch! Ich will weder hierbleiben bei euch Spacken, noch werde ich heiraten, und wenn du nicht sofort auf deine Mähre steigst, komme ich auch nicht mehr um die Welt! Also hau endlich ab, sonst werde ich sauer!"

Der Boss stand wie angewurzelt da und konnte diese Worte überhaupt nicht fassen, geschweige denn wechseln. Lars stand jetzt so dicht vor ihm wie ein Drillsergeant, schnappte sich das Ohr des Fancluboberhauptes und drehte es um, bis der schrie: „Aua, Aua, lass das, das tut doch weh!"

„Oh, entschuldige bitte", sagte Lars wieder ganz friedlich, „da ist noch was, was mein Freund hier dir sagen möchte. Also los Ole, nicht so schüchtern, vertell."

„Ja also, lieber Gangboss.

Unsere Leute sind gerade auf einem Ausflug rüber zu den Färöern, um den Leuten da zu sagen, dass es hier so einen Fanclub von Erik dem Roten gibt und dass die da drüben in euren Augen einfach nur dumme Inseleier sind und dass deren Frauen aussehen wie eine Kreuzung zwischen Islandpony und Pinguin.

Und spätestens nächste Woche sind die wieder hier und so lange bleiben wir auch. Das wollen wir auf gar keinen Fall versäumen. Und jetzt macht mal lieber, was mein Kumpel sagt. Ich weiß nicht, wie lange ich ihn noch zurück halten kann."

Der Boss kochte vor Wut.

„Ich werde mich an höchster Stelle beschweren! Wir reiten sofort zu Schnott Lang Nese und verklagen euch. Dann werden wir ja sehen, wer am längeren Hebel sitzt.

Lars ließ jetzt das Ohr vom Boss wieder los, langte in seine Hosentasche und holte ein Stück Zucker heraus: „Hier, für deinen Gaul. Dann habe ich wenigstens einen glücklich gemacht. Und jetzt verpfeift euch!"

Der Boss stieg wutentbrannt auf sein Pony und rief: „Wir sehen uns vor Gericht wieder!"

Damit galoppierte er davon. „Seh Lars, war das nun so schwer?" „Ging doch!", sagte Ole.

„Ja", sagte Lars, „war so schwer nich. Aber wer ist Schnott Lang Nese und was ist ein Gericht?"

Hejuk kam nun zu Lars und fing an zu erzählen.

„Also, lieber Lars, Schnott Lang Nese ist hier so was wie der Inselsprecher oder der Verwalter von ganz Island und ein Gericht entscheidet, was Recht und Unrecht ist und deshalb kann der Boss auch ruhig zu ihm gehen. Was er aber mit Sicherheit nicht machen wird. Der wird sich ganz was anderes einfallen lassen, aber wir werden zu ihm gehen, damit er diesen Terror endlich beendet. Ich schicke gleich zwei meiner besten Reiter los, um ihn zu holen."

„Wieso holen? Wieso vor Gericht? Ich denke, das machen jetzt diese Färöertypen klar. Wozu holen wir die denn erst?"

„Die sind der Nachtisch, Lars", sagte Ole, „ein Inselsprecher kann die Bande von der Insel jagen und dafür sorgen, dass sie diese nie wieder betreten dürfen. Alles klar?"

„Alles klar, Ole!"

„Na denn lasst uns das mal feiern!"

Sie feierten bis zum nächsten Morgen und als sie alle wieder auf den Beinen waren, bemerkten sie plötzlich, dass jemand fehlte, nämlich Sojuk. Sie suchten sie überall, aber sie war nirgends zu finden.

„Der Boss", rief Hejuk, „der Boss hat sie geholt!"

„Meinst du?", sagte Ole. „Ja gewiss!", rief er. „Oh, wir werden sie nie mehr wieder sehen!"

„Nu mach mal halblang. Die werden wir schon wieder holen, das verspreche ich dir. Wer sollte denn sonst die Revolution anführen?", sagte Lars.

„Also Ole, auf geht's! Wir wollen doch mal sehen, wie der Boss so wohnt."

Die beiden machten sich nun auf den Weg. Bald kamen sie in ein kleines Dorf.

„Was wollt ihr hier", sprach sie nun eine alte Frau an. „Wir wollen hier keine Fremden."

„Na, die sind ja man sehr freundlich", sagte Lars zu Ole.

„Ja, aber das können wir doch auch. Siehst du den freundlichen Typen da drüben? Geh mal hin und frag ihn, wo sich die Red Eriks so rumtreiben, und wenn er dir nicht antworten will, dann wirst du eben noch höflicher als die Alte, okay?!"

„Jo Ole, aber auf deine Verantwortung."

Lars ging nun auf den Mann zu, der an einer Hausecke lehnte und sie sehr genau beobachtete.

„Hallo mein Freund", sagte Lars, „wir sind fremd in der Gegend und wollten dich mal fragen, ob du eine Ahnung hast, wo sich die Red Eriks jetzt so rumtreiben."

„Äh, keine Ahnung", sagte der Mann.

„Wie war das, keine Ahnung oder Schiss? Ich frage dich noch mal und wenn ich dann immer noch keine Antwort von dir habe, lasse ich mir extra für dich was ganz Besonderes einfallen, ist das klar? Hast du mich verstanden? Ich höre nichts."

Der Mann erstarrte und sagte mit zitternder Stimme: „Da, da unten im Tal hausen die, aber die Information habt ihr nicht von mir, haltet mich daraus, bitte bitte!"

Lars sah nun runter in das Tal und murmelte: „Da habt ihr euch also versteckt", drehte sich wieder zu dem noch immer zitternden Mann um und fragte: „Wann sind die hier vorbeigekommen? Nun red schon!"

„Heute Morgen sehr früh und es waren viele."

„Okay", sagte Lars, „und hatten die ein Mädchen dabei?" „Ja!", rief der Mann. „Und geschrien hat die irgendwas von einem Lars und Revolution und Plattmachen und so 'n Zeugs."

„Alles klar", sagte Lars und ließ den Mann wieder los.

„Hast du das gehört, Ole?"

„Na klar, na klar hab ich das gehört. Aber da sollten wir nun doch nicht alleine runter gehen, darauf warten diese Typen doch bloß."

„Nein, nein, wir warten auf Jasper. Der müsste ja bald wieder zurück sein und sollte er keinen Erfolg gehabt haben, holen wir die anderen vom Schiff und regeln das wie Wikinger, aber ich glaube, er wird das schon schaffen."

Kapitel 9 : Jasper kommt zurück

Jasper kommt zurück

Und genau das sollte nun auch passieren.

Jasper, Jeppe und Jelle waren gut und zügig auf den Färöern gelandet und waren dann auch zielstrebig vom Strand aus ins Inselinnere vorgedrungen, als plötzlich eine Stimme ertönte: „Halt, wer seid ihr und was wollt ihr hier?"

Die drei Bootsmänner drehten sich um und standen einem verwegenen Haufen von Wikingern gegenüber.

„ He Jasper", sagte Jeppe leise, „die sehen aber nicht gerade sehr freundlich aus. Ich glaube, das gibt Ärger." Aber Jasper blieb voll cool und meinte nur: „Wer so aussieht, der hat nichts drauf. Der bellt bloß", und sagte zu den anderen: „Wir sind Dänen und sind von Island gekommen, wo wir so 'n paar Probleme haben. Aber vielleicht könnt ihr uns ja dabei helfen, diese zu lösen."

„ Probleme, was für Probleme und wo ist euer Schiff? Wir haben nämlich keins gesehen." „Das liegt am Strand. Wir sind mit unserem Beiboot rüber zu euch gesegelt und deshalb habt ihr uns nicht gesehen, denk ich. Auf jeden Fall mal..."

„ So, so, mit dem Beiboot von was?"

„Von der Annemarie Petersen", rief Jelle, „von was denn sonst, Mensch!" „Annemarie Petersen, was ist das denn, wollt ihr uns veralbern?"

Der Wikinger drehte sich zu seinen Leuten um und rief: „Sagt mal, kennt einer von euch eine Annemarie Petersen?"

Und dann kam so was wie: „Nö, meine heißt Lise und meine Randi; meine heißt Edda und meine heißt Ruth." „Genau", sagte nun der Wikinger, „rut mit de Wahrheit, wo kommt ihr wirklich her?"

Jasper wurde das jetzt zu bunt. Er rief: „Jetzt langt mir das! Kommt doch mit zum Strand, dann zeigen wir euch unser Boot und da steht auch Annemarie Petersen drauf."

Die Wikinger überlegten noch ein bisschen, wurden sich aber denn doch noch darüber einig, dass das eine gute Idee war. Also gingen sie zusammen mit Jasper, Jeppe und Jelle hinunter zum Strand. „Guck mal, Morten", sprach einer der Wikinger, „das Boot da. Sie erzählen die Wahrheit." Morten war der Anführer dieser Horde. Er wollte es nicht glauben. „Nä nee, damit seid ihr nicht von Island hierher gesegelt und wenn doch, dann seid ihr auch Wikinger, denn sonst schafft das keiner. Also seid ihr Wikinger? Sprecht!"

Jasper trat vor und sagte: „Nein, wir sind keine Wikinger, aber unser Kumpel Ole ist einer und von dem haben wir eine Botschaft für euch."

„Eine Botschaft", sagte Morten, „na dann lasst mal hören."

„Also, wir wollen eigentlich um die Welt segeln und sind erst einmal von Norwegen aus nach Island gesegelt."

Morten unterbrach Jasper: „Damit?"

„ Nein, nein, nicht damit. Das ist bloß das Rettungsboot. Das echte ist viel größer", sagte Jasper. „Aha", murmelte Morten und schaute Jasper skeptisch an. „Und weiter?"

„ Dann sind wir so 'n paar komischen Typen begegnet, die sich die Red Eriks nennen und die machen da auf Island 'ne Menge Ärger. Also hat unser Wikinger Ole die Idee gehabt, hierher zu segeln und euch davon zu berichten, was die da so von euch halten und ich kann euch sagen, das ist nichts Gutes." „Wie, was, nichts Gutes? Erzähl schon, was sagen die denn? Und überhaupt, Red Eriks, was ist das?", rief Morten nun völlig aufgeregt.

„ Das weiß ich ja auch nicht so genau, aber die haben immer was von Erik dem Roten gefaselt und irgendwie dann einen sogenannten Fanclub gegründet oder so ähnlich."

„Was, bei Odin, hast du gerade Erik der Rote gesagt? Dieser miese Halsabschneider hat auch noch einen Fanclub, obwohl der schon lange irgendwo korrekt untern Rasen geschoben wurde?!

Bei allen Göttern, das darf doch nicht wahr sein, Mann!"

„ Doch, das ist wahr und noch lange nicht alles."

„ Nee nee, das ist ja schon fast zu viel für mich. Was soll da denn schon noch kommen?", brummelte Morten und schüttelte ständig den Kopf. Nun legte Jasper mit Oles Strategie aber so richtig los: „Die sagten uns, dass ihr hier alle ausseht wie Seehunde und eure Frauen eine Kreuzung zwischen Islandpony und Pinguin sind."

Jetzt drehte die ganze Horde so richtig durch, nur Morten nicht. Denn der drehte nicht nur durch, dem flogen gleich alle Sicherungen raus und er hopste wie ein angeschossener Bär hin und her. „Bei Odin, die sind ja wohl lebensmüde da drüben. Wie kann das angehen? Erst linkt uns der blöde Erik und jetzt gründen die auch noch einen Fanclub, der uns verarscht. Haltet mich fest, sonst schwimm ich da rüber und mach die ganze Insel platt!"

„ Nein, das wirst du nicht tun!", rief ein riesiger Wikinger aus der Gruppe. „Ich bin Bjarke und kann Morten zwar verstehen, aber das mit dem ewigen Abdrehen und Verdreschen ist zwar so schlecht nicht, aber in diesem speziellen Fall würde ich was anderes vorschlagen. Na klar sind das alles Freaks und wir werden sie auch bestrafen für alles, was sie uns angetan haben. Aber alles zu seiner Zeit."

„ Alles klar", sagte Jasper, „dann können wir ja wieder los."

„Ja, im Prinzip schon, aber wollt ihr wirklich mit eurer Nussschale zurück segeln? Kommt doch mit uns mit. Wir haben sehr komfortable Drachenboote. Wir binden euer Boot hinten an und denn geht das los."

„Was sagt ihr dazu, Männer?", fragte Jasper jetzt seine beiden Freunde. Aber die nickten nur mit dem Kopf: „Geht klar, Mann."

Sie gingen nun alle, bis auf Jelle, der das Beiboot einmal rum um die Insel bis in den Hafen segelte, in das Dorf der

Wikinger und blieben dort auch die Nacht über und alle diskutierten sehr lange. Denn als die Frauen davon hörten, was diese Typen über sie erzählten, drehten sie völlig durch und wollten mit, aber Bjarke konnte das noch gerade eben, sehr diplomatisch, verhindern, indem er sagte, dass das ja eine reine Männersache sei und dass nur verliebte Männer so kräftig wären, um es mit einem Rudel Halbstarker aufzunehmen.

Er säuselte ihnen so viel Honig um die Schnute, dass selbst Jasper so langsam anfing, ihm zu glauben, bis Jeppe ihm dann doch in die Seite stieß: „Komm mal wieder runter, Alter, und flenn hier nicht rum! Mann, ich glaub das ja alles wieder nicht, nä?!"

„ Lass mich doch", schniefte Jasper, „das ist so 'ne schöne Rede, die der da hält, hach wie schön!" Jeppe und Jelle sahen sich an und sagten: „Ach du Schande, was ist das denn? Unser Oberbootsmann ist ein Sensibelchen. Hast du das gewusst, Jeppe?" „Nee Jelle. Aber das erzählen wir man lieber nicht den anderen", meinte der, und Jelle stimmte zu.

Am nächsten Morgen sollte es eigentlich los gehen.

Die Drachenboote waren parat zum Ablegen, als einer von der Crew plötzlich rief: „Segel, Segel am Horizont!"

Morten lief an die Reling und sagte: „Ach du Schande, das sind die Schweden, auf die wir gewartet haben. Das sind Leif und seine Jungs. Wir tauschen ab und zu Lebensmittel und Saatgut gegen warme Klamotten oder Schafe. Die müssen wir leider nu erst mal abfertigen. Aber wer weiß, vielleicht kommen die ja auch mit nach Island."

„ Das sind aber ganz schön viele", sagte Jasper. „Ja, die haben ja auch immer viel mit und nehmen auch immer viel wieder mit. Sonst taugt das nix, sagen die. Aber je mehr das sind, um so besser für uns. Also warten wir und trinken noch so ein bis fünf Hörner Met, bis die da sind.

Die Typen auf Island laufen schon nicht weg. Und wenn Leif und seine Leute mit auf die Insel segeln, wird das da ganz schön eng für die da drüben, da kannst du aber einen drauf lassen", lachte Morten nun lautstark.

Nach fünf Stunden war es dann soweit. Die ersten Drachenboote landeten am Hafen an und es folgten ihnen sehr, sehr viele mehr.

„ Hallo Morten, du alte Strandkrabbe, wo steckst du? Willst du nicht deinen alten Kumpel Leif begrüßen? Ist das hier 'ne Verschwörung oder was?"

„ Wie kommst du denn darauf, du alte Seeratte?", rief Morten. „ Wir haben hier doch nicht mal was zum Verschwören. Das hast du doch alles das letzte Mal mitgehen lassen. Komm, ich muss mal mit dir reden Leif. Bjarke kann ja so lange die Geschäfte abwickeln."

„ Okay, na klar. Lass hören, was geht, Mann?"

„Also, siehst du die drei Männer da drüben?"

„Klar und deutlich, Morten. Ich bin doch nicht blind. Aber was soll das Gedruckse, das kann ich nicht haben so was! Also Butter bei die Fische! Was geht hier ab?"

„ Die drei da kommen gerade von Island rüber und erzählen uns von irgendwelchen Typen, die da so einiges über uns hier verbreiten und das ist nichts Gutes! Die nennen sich die Red Eriks und sind so was wie so 'n Fanclub von Erik dem Roten." „ Oh hauaha", sagte Leif, „na, das sind ja Nachrichten. Und was hast du jetzt vor?"

„ Ich möchte, dass du und deine Männer mit uns da rüber segelt und wir denen mal zeigen, wo der Hammer hängt."

„Wunderbar! Wir sind dabei, wann geht das los, Morten?"

„Morgen früh, und ich kann es auch kaum erwarten, dass
es losgeht, mein Freund."

„Das kann ich gut verstehen", erwiderte Leif. „Na komm, wir gehen schlafen und morgen werden wir dann mit allem aufmarschieren, was wir zu bieten haben. Junge, das wird ein Spaß!"

Am nächsten Morgen ging es dann auch zeitig los. Die Drachenboote verließen eins nach dem anderen den Hafen. Die Frauen winkten und riefen ihnen nach: „Zeigt es ihnen und haut ihnen die Jacke voll, macht die platt und noch so einiges mehr!"

Die Fahrt dauerte natürlich nicht so lange wie mit dem Dingi. So ungefähr nach zwei Tagen sahen sie die Umrisse von Island am Horizont, und Morten sagte zu Jasper: „Siehst du das, wir sind bald da. Da werden deine Freunde sich bestimmt freuen, uns zu sehen, meinst du nicht auch, Jasper?"

„Und ob Morten, denen werden die Augen raus fallen, wenn sie euch erst am Horizont gesehen haben, darauf möchte ich wetten."

So kam es denn auch. An Bord der Annemarie Petersen lief im Moment noch alles nach Plan. Anne stand mit Willy in der Kombüse und Fred und Ede machten kleine Reparaturarbeiten am Schiff. Farin stand auf dem Achterdeck und überprüfte die Steuerseile. Als er hoch kam, um sich mal wieder in der Kombüse was zu essen zu holen, blieb er wie angewurzelt stehen. Es verschlug ihm für einen Augenblick die Sprache. Doch dann fing er sich wieder und rief lauthals: „He Leute, kommt mal alle ganz schnell auf Deck, so was habt ihr noch nicht gesehen!"

Sie rannten alle an Deck und was sie da sahen haute sie fast um. Der gesamte Horizont war rot-weiß und Fred sagte zu Ede: „Wow, so etwas habe ich nicht mehr gesehen, seit Oles Vater damals in Skagen ankam. Wow, was für ein imposantes Bild!"

„Wir müssen das sofort Ole berichten!", rief Anne ganz aufgeregt. „Ja genau!", antwortete Farin und rannte runter ins Schiff um das Nebelhorn zu holen.

Er blies da rein, als wollte er ganz Island wegtröten und alle wussten jetzt: Jasper kommt zurück.

Kapitel 10 : Lang Schnott Nese

Lang Schnott Nese

Die Drachenboote segelten jetzt direkt an der Annemarie Petersen vorbei. Jasper, Jeppe und Jelle standen im Vorschiff von Mortens Boot und winkten wie die Blöden, aber auch auf der Annemarie Petersen freuten sie sich mächtig über die Rückkehr von ihren drei Kumpels. Nur dass Jasper so viele mitbringt, damit hatte hier keiner gerechnet. Ole und Lars waren nun auch runter auf den Strand gekommen und sahen, wie die Drachenboote eines nach dem anderen auf den Strand fuhren.

„Ich glaub das ja nicht", sagte Lars, „dieser Jasper, der sollte doch zu den Färöern segeln und nicht gleich ganz Skandinavien mitbringen. Mannoman, was für ein Bild!" Hejuk und Najuk waren jetzt auch bei ihnen angekommen und konnten es überhaupt nicht glauben, dass sich so viele Menschen dazu bereit erklärten, ihnen bei der Befreiung ihrer Tochter zu helfen. Ihnen standen die Tränen in den Augen und Najuk drehte sich zu Ole und Lars um und sagte: „Danke, dass all diese Menschen uns helfen wollen, wieder in Ruhe leben zu können."

„Ich glaube, da muss ich dir mal was zu sagen", meinte Ole, die sind eigentlich hier, weil wir ihnen erzählt haben, dass die Red Eriks über sie herziehen und sie beleidigen, wo sie nur können. Hast du das verstanden, Najuk?"

„Das haben wir verstanden", sagte Hejuk.

„Na denn ist ja gut. Und erzählt um Himmelswillen nichts anderes, sonst fahren die gleich wieder weg!", rief Ole. „Nein, nein, wir lassen die erst einmal schön machen."

„Ganz genau, und das mit dem Machen überlasst ihr bitte uns, okay?!" „Okay, ganz wie ihr wollt."

Mittlerweile waren Jasper, Jeppe und Jelle auch wieder im Dorf angekommen. Sie hatten Morten und Leif im

Schlepptau und gingen nun ganz gezielt auf Ole und Lars zu. „Hallo ihr beiden, darf ich vorstellen, das sind Morten und Leif, die wollen mit uns zusammen mal die Red Eriks besuchen und mit denen so 'n bisschen Achterbahn fahren." „Klingt gut. Aber wir sollten das nicht mit der Hau-Rauf-Methode machen, sondern uns echt einen Plan ausdenken. Außerdem warten wir noch auf den Inselvorsteher, damit ihr sie dann legal von der Insel befördern könnt."

„Das ist cool", rief Leif, „dann kann ich einen neuen Handelsposten auf den Orkneyinseln aufbauen!"

„Wieso das? Du hast da doch schon einen!", rief Morten.

„ Ja, weißt du Morten, die Orkneys sind ein hartes Brot für die, die da arbeiten müssen. Die Brandung an den Felsen ist sehr laut und wenn du das ein paar Monate machst, wirst du irgendwann leicht malle im Kopf. Ich finde, das ist genau der richtige Job für diese Typen. Da können die doch gut auf meine Schafe aufpassen oder?"

„Wie meinst du das, Leif, mit malle im Kopf?", fragte Morten.

„Ganz einfach, letzten Monat haben wir unsere Männer da abgezogen und das Einzige, was die so die nächsten vierzehn Tage von sich gaben, war 'Rums, Gurgel, Gurgel, Rums, Gurgel, Gurgel, Mäh, Mäh, Rums, Gurgel, Gurgel, Hi Hi Hi.'"

„Ja, du hast recht, Leif. Das ist genau das richtige für diese Burschen", sagte Morten. „Ja, und wenn ein Inselvorsteher das auch noch befürwortet - ich meine, ich biete ja schließlich Arbeitsplätze - dann ist das auch noch für einen guten Zweck", lachte Leif, und Morten konnte sich auch gar nicht mehr einkriegen. Sie verbrachten den Rest des Tages damit, sich am Strand einzurichten und feierten noch so 'n büsschen und gingen denn auch schlafen.

Am nächsten Morgen wurde Ole von Anne geweckt, denn Ole war schlauer als Lars gewesen, er war nämlich zum Schiff rüber gefahren und hatte da bei Anne und den anderen geschlafen. „Ole, steh auf, da drüben ist ordentlich was los. Das solltest du dir mal ansehen."

An Land ging es zu wie bei einer großen Veranstaltung. Alle liefen durcheinander und riefen: „Er ist da, er ist da!"

Ole runzelte die Stirn und sagte zu Anne: „Weißt du, wen die da meinen?"

„Na klar", sagte sie, „die meinen ihren Inselvorsteher Lang Schott Nese, nach dem Hejuk geschickt hat."

„Ach ja, den hatte ich schon ganz vergessen. Komm, lass uns mal rüber rudern und mal sehen, was da so abgeht."

Das taten sie dann auch, und als sie drüben am Strand ankamen, war Lars auch schon gleich bei ihnen.

„Hallo ihr beiden", rief er, „alles im Lot aufm Boot?" „Na klar Lars, alles in Ordnung! Und hier?"

„Ach, Lang Schnott Nese ist gerade hier angekommen und das ist für die hier so was, als wenn bei uns der König höchst persönlich auftauchen würde. Alles klar?"

„Na denn wollen wir doch mal sehen, was der so zu sagen hat", meinte Ole und ging mit Anne und Lars dichter an das Geschehen heran, um besser hören zu können.

Der Inselvorsteher war ein kleiner hagerer Typ.

Er saß auf einem für ihn viel zu großen Pferd und rief nun: „Volk von Island, man hat mich rufen lassen, um in eurer Region Ordnung zu schaffen. Was ist euer Anliegen?"

„Was unser Anliegen ist", rief Hejuk, „das will ich dir gerne sagen, mein Gutester. Entführung, Missachtung der Gesetze, Beleidigungen, Plündern und noch vieles mehr. Ich hoffe, es reicht für den Anfang. Oder muss hier noch mehr passieren?"

„Das reicht auf jeden Fall", sagte Lang Schnott Nese, „nun müssen wir diese delikate Sache nur noch beseitigen, damit wieder Ruhe auf unserer Insel herrscht."

„Das sehe ich genauso", trat Ole nun vor. „Ich habe da einen Vorschlag zu machen, hört mich an! Alles, was wir brauchen, ist eine Vollmacht von dir, Meister Nese, eine Vollmacht, die uns zu Hilfssheriffs macht und uns die Erlaubnis erteilt, diese Schandflecke von dieser wunderschönen Insel zu verbannen. Was haltet ihr davon?"

„Ich bin begeistert", sagte der Inselvorsteher, „ich bin echt begeistert. Der Vorschlag hätte echt von mir sein können. Genau so machen wir das. Habt ihr denn auch eine gerechte Strafe für die Angeklagten parat? Denn ohne das darf und kann ich diese Leute nicht rechtmäßig verurteilen. Nun sprecht, wie sieht eure Strafe aus?"

Es kamen dann die verschiedensten Vorschläge, so wie: Wir verkloppen sie, wir verkloppen sie zweimal oder dreimal, doch alles brachte irgendwie so noch nicht den richtigen Hype.

Aber dann trat Leif vor und rief: „Volk von Island, ich glaube, ich habe da eine Lösung für euch alle. Die Red Eriks sind ja nun schon länger bekannt und weil es solche Vereinigungen ja auch schon wo anders gab, sei es in Norwegen oder jetzt hier auf Island, ist es so, dass überall, wo sich damals Erik der Rote und sein Kumpel Ragna Mortensen rumgetrieben haben, immer übelste Unterdrückung herrschte. Diese Typen hier haben das System gut erkannt und gehen jetzt, na klar, auch den Weg. Ist ja auch sehr bequem, wenn andere Angst vor einem haben. Die zittern nicht nur vor einem, die bringen dir auch alles. Wenn es sein muss, bis vor die Nase.

Aber wir haben beschlossen, dass das jetzt eine Ende haben muss, denn Angst machen ist die eine Seite der Geschichte, Entführung die andere. Ich werde mit meinen Männern zu ihnen gehen und sie von der Insel treiben und zwar direkt auf die Orkneys. Da werden sie meine Schafe hüten, und zwar so lange, bis wir sie soweit haben, dass das wieder vernünftige Menschen sind. Ich glaube ganz fest daran, dass uns das auch gelingen wird. Somit haben wir nicht nur unsere Ruhe vor denen, sondern wir haben ihnen auch noch einen kostenlosen Therapieplatz besorgt. Und das kann ja wohl nur im Interesse von allen Bürgern dieser Insel sein, oder?"

„Genial, einfach genial", rief Lang Schnott Nese, „das unterschreibe ich sofort und könnte morgen denn ja schon wieder zu Hause sein und die müden Füße hochlegen. Einfach genial!"

„Na, das war ja wohl ein Volltreffer, den Leif da gelandet hat", rief Lars.

„Ja, das Vorhaben, das er da anstrebt, ist echt gut. Aber wir müssen ihm auch noch sagen, dass er den Laden von denen nicht gleich morgen stürmen darf, sondern dass wir erst mal erfahren müssen, was die Burschen da so von uns fordern", sagte Ole.

„Und das machen wir jetzt sofort, bevor der armen Sojuk noch was passiert, im Eifer des Gefechts", sagte Anne.

„Die wissen doch gar nicht, wen die da entführt haben, und wenn die Sojuk reden hören von ihrem Revolutionsgetüttel, dann glauben Leif und seine Helfer doch glatt, die Braut will 'nen Krieg anzetteln und schmeißen sie mit aufs Schiff zu den Orkneys. Also los, auf zu Leif und Morten!"

Ole und Lars kamen dann auch bald bei ihnen an. Anne war bei Hejuk und Najuk geblieben, um die beiden so 'n bisschen zu trösten. „Hei Leif, wir sind zu dir gekommen, um dir etwas zu sagen. Du bist der Wikingerkumpel, von dem Jasper gesprochen hat, oder?"

„Und wer bist du?" „Ich bin Lars, der Kapitän von dem Schoner da draußen und auch ein Kumpel von Jasper. Eigentlich gehören wir alle zusammen."

„Na denn man los, was gibt es denn? Lass mal hören." „Also, wir sind gekommen", sagte Ole nun, „um euch zu sagen, dass die entführte Person Sojuk ist, die Tochter von Hejuk und Najuk, und so 'n bischen auch schon 'ne Freundin von uns. Ich weiß, weil ich ja selber Wikinger bin, wie die Vorgehensweise von euch sein wird. Ihr werdet euch alle so viel Aufwärm-Met wie möglich reinschlürfen und dann den Laden stürmen, und alles, was da so ähnlich aussieht wie ein Feind, verkloppen. Kommt das so ungefähr hin?"

„ Das kommt nicht nur so ungefähr hin", sagte Leif, „sondern das kommt genau so hin."

„Genau", sagte Ole, „und das solltet ihr nicht machen. Wir sollten uns lieber einen guten Plan ausdenken und den Red Eriks eine Falle stellen, damit Sojuk im Ernstfall nicht zu Schaden kommt, denn ihr kennt sie ja nicht und wüsstet in dem ganzen Trubel überhaupt nicht, wer da zu wem gehört. Stimmt das oder hab ich recht?"

„Du hast recht", sagte Leif und runzelte die Stirn.

„Wie sieht euer Plan denn so aus, wenn man mal fragen darf?"

„Das kann ich dir so noch gar nicht sagen, Leif. Wir wollen erst mal abwarten, was die überhaupt damit bezwecken und fordern. Aber erst mal müssen die Schiffe wieder vom Strand runter, damit die Brüder sich in Sicherheit wiegen können. Nur nicht zu weit weg und wenn wir dann wissen, was sie wollen und vorhaben, dann werden wir uns einen strategischen Plan ausdenken. Denn unser Vorteil ist, die wissen gar nicht, dass wir die Lizenz zum Rausschmeißen haben.

Also segelt doch bitte außer Sichtweite und wir, beziehungsweise Jasper, wird ständig mit unseren Beiboot auf Standby liegen, um euch dann zu holen. Soweit erst mal meine Bitte an euch."

„ Das geht klar, Ole. Ich merke schon, du bist ein ziemlich schlauer Bursche, und wenn ich mich mal kurz zurück erinnere, dann gab das bis jetzt nur einen, den ich kenne, der das genauso machen würde und das ist Sven Svensson."

„ Das ist mein Vater", sagte Ole.

„Das konnte ich mir ja schon
fast denken", lachte Leif, „Mensch, dass ich das noch erleben darf. Also los geht das!"

Leif stand auf und rief seinen Männern zu: „Los, wir brechen auf! Wir haben hier nichts mehr verloren. Macht die Boote wieder seeklar, wir wollen weiter nach Grönland. Geschäfte, Geschäfte!" Leif drehte sich noch einmal zu Ole um, zwinkerte ihm zu, zeigte ihm noch seinen erhobenen Daumen und ging mit seinen Leuten runter zum Strand, so als würde er tatsächlich verschwinden.

Als Hejuk und Najuk das sahen, liefen sie ganz aufgeregt zu Ole und Lars.

„Was soll das, wo wollen die hin? Der Inselvorsteher ist schon wieder nach Hause und unsere Befreier segeln nu auch wieder weg, was wird das hier?"

„Ganz ruhig Hejuk, man keine Panik, das wird schon, kannst dich auf uns verlassen", sagte Lars nun gelassen und cool. „Halt dich einfach ein wenig zurück und dann läuft der Laden schon."

„Dein Wort in Odins Gehörgang, Lars", sagte Hejuk und ging zurück zu seiner Frau, die vor ihrem Haus saß und bitter um ihre Tochter weinte und ihre Hoffnung nun in die Hände von Ole und seinen Freunden legte.

„Die können sich doch auf uns verlassen, Ole, oder nicht?", fragte Lars.

„Natürlich Lars, da mach dir man keinen Kopp drüber. Was mir persönlich nicht so gefällt, ist dass die noch nichts von sich haben hören lassen. Das macht mich schon ein bisschen stutzig. Aber warten wir es ab."

Sie warteten noch so ungefähr zwei Tage. Dann war es endlich soweit. Es war ein warmer Samstagmorgen, als ein völlig zerrissener Bettler in das Dorf kam und beim ersten Hinsehen völlig harmlos wirkte.

Doch Lars schaute sich ihn sehr genau an und sagte zu Ole: „Du Ole, irgendwoher kenne ich diesen Typen, ich weiß nur noch nicht genau, wo ich den hintun soll."

Der Bettler ging nun sehr zielstrebig auf den Dorfplatz zu, nahm seine Kapuze runter und rief: „Liebe Leute, ich bin geschickt worden, um euch zu verkünden, dass ihr den Red Eriks ab sofort alle zu Diensten sein werdet und Steuern an sie zahlt, wenn euch das Leben eurer Dorfmitbewohnerin Sojuk etwas bedeutet. Ihr habt vierzehn Tage Bedenkzeit. Solltet ihr bis dahin keine Antwort für die Red Eriks parat haben, wird Sojuk mit dem Boss verheiratet und muss die gesamte Wäsche von unserem Verein waschen und Essen kochen muss die denn auch noch und Socken stopfen und, und, und. Wollt ihr das? Ich werde jetzt wieder gehen und komme in vierzehn Tagen zurück."

„Halt mal, einen Augenblick noch, Meister. Dich kenne ich doch", sagte Lars, „du bist doch der Typ, den ich durchgeschüttelt habe, nachdem du ja doch eigentlich gar nicht wusstest, wo sich die Red Eriks aufhalten. Und nu muss ich hören, dass du da sogar Mitglied bist. Na was bist du denn fürn Schlimmer! Ole, komm, sag du auch mal was dazu."

Ole kam jetzt nach vorne, sah sich den Fremden sehr genau an und sagte: „Du hast jetzt ganz genau zwei Möglichkeiten. Entweder, du hilfst uns jetzt dabei, Sojuk zu befreien, oder du wirst, na ja, du weißt schon. Hast das ja gerade selber alles aufgezählt."

„Nee, das würdet ihr nicht wirklich tun."

„Lars, hol doch mal die gesamten Klamotten vom Schiff, denn ich finde, er kann man gleich damit anfangen."

„Nein, nein. So war das nicht gemeint. Aber wenn die rauskriegen, dass ich für euch hier rumspioniere, dann kann ich man gleich zu den Orkneys auswandern."

„ Ach, Orkneys? Auswandern? Dann sag ich dir jetzt mal was. Wenn du uns nicht hilfst, dann brauchst du dafür noch nicht einmal mehr einen Antrag zu stellen. Wir haben nämlich einen schriftlichen Vertrag von Lang Schnott Nese, euch alle ausbürgern zu dürfen. Also benimm dich anständig und wir überlegen uns, ob du dann hierbleiben darfst. Und nun komm mal her, mein Freund", sagte Lars, „und erzähl Papa doch mal, was die so vorhaben. Wo Sojuk gefangen gehalten wird und wie das so überhaupt aussieht bei denen."

Der Bettler erzählte nicht, nein, er sang es aus und Ole und seine Kumpels konnten sich nun ein sehr genaues Bild davon machen, wie sie es am besten anstellen würden, diese Burschen aus der Reserve zu locken.

„Pass auf", sagte Lars, „du gehst jetzt zu denen zurück und sagst ihnen, dass wir überhaupt gar nicht daran denken, auf ihre Forderungen einzugehen und dass das Mädchen eigentlich ein Troll ist und wer nur versucht ihr zu nahe zu kommen, selbst verflucht sein wird. Was Besseres als die Trottel von den Red Eriks konnte unserem Dorf überhaupt gar nicht passieren, denn zurückgeben kann man einen Troll nicht, den kann man bloß um Mitternacht im Wald aussetzen und schnell wieder verschwinden, damit die anderen Trolle einen nicht erwischen. Ist das bei dir angekommen, mein Freund?"

„Ja klar ist das angekommen, aber sag, ist die wirklich ein Troll?"

Lars konnte nun sein Lachen kaum zurückhalten, sagte aber mit völlig ernster Miene: „Und was für einer! Das ist ein sogenannter Revoluzzertroll und zwar einer von der übelsten Sorte. Hat der schon mal was von einer Revolution gesagt?"

„Einmal? Ständig, ständig!" „Siehst du, also halt dich fern von dem Teil. Ich mein das ja nur gut mit dir, Nä?!"

Der Bettler rannte nun, was er konnte, aus dem Dorf und Lars musste jetzt echt laut loslachen.

Hejuk und Najuk kamen von ihrem Haus aus auf Lars zu gerannt und fragten ihn, was passiert war und er holte noch einmal tief Luft und sagte: „Die glauben jetzt tatsächlich, dass Sojuk ein Troll ist und keiner ihr zu nahe kommen darf und noch so 'n büsschen mehr. Schade, dass ich das Gesicht vom Boss nicht sehen kann wenn er das erfährt."

Kapitel 11 : Bei den Red Eriks

Bei den Red Eriks

„Was sagst du da, ein Troll, bist du dir da auch ganz sicher?", fragte der Boss. „Ja, ja", antwortete der Spion, „ich habe es genau gehört! Sie ist sogar ein Revoluzzertroll und man soll ihr bloß nicht zu nahe kommen!"

„ Ich weiß nichts von das Ganze", sagte der Boss. „Irgendwas ist hier doch oberfaul, das spüre ich."

„Aber du willst das doch wohl nicht drauf ankommen lassen!", sagte der Spion völlig aufgeregt.

„Wenn das Ding in die Hose geht und sie sich tatsächlich in einen Troll verwandelt, denn haben wir alle hier aber mehr als sechs Richtige, das kannst du aber glauben! Denn will ich hier aber mit dem Ganzen nichts mehr zu tun haben."

„ Nu komm mal wieder runter, Mann, wir werden hier gar nichts austesten. Aber meine Steuern, die will ich auf jeden Fall, und deshalb reiten wir morgen ins Dorf und leisten da mal so'n bisschen Überzeugungsarbeit. Wollen wir doch mal sehen, wer hier der Boss ist."

Gesagt, getan. Am nächsten Morgen ritten sie nun alle ins Dorf und das Donnern der Hufe der Islandponys war schon von weitem zu hören. Wiehernd und schnaubend blieben sie nun in der Mitte des Dorfes stehen, aber niemand war da oder zumindest nicht sichtbar da.

„Hallo, ist hier jemand?", rief der Spion nun. „Was soll das?", sagte der Boss.

„Willst du hier etwa so dumm rumrufen wie so 'n kleines Mädchen? Wir sind die Red Eriks und rufen nicht. Wir holen uns, was wir brauchen, ist das klar? Absitzen und durchstöbert die Häuser! Wenn die meinen, dass sie von dieser Insel verschwinden können, ohne mich zu fragen, haben die sich aber ja wohl so was von geschnitten!"

„Boss, hier ist nichts!",rief einer von ihnen. „Hier auch nicht !"

rief ein anderer. Komisch, wo sind die denn alle hin?"
dachte sich der Boss und gab den Befehl: „Durchkämmt die
gesamte Insel und findet wenigstens einen, den wir knechten
können! Mann, sonst taugt das doch nichts!"
Also fingen sie nun an, die Insel zu durchkämmen, aber sie
fanden nichts. „Das ist doch zum Mäuse melken, da wird doch
der Hund in der Pfanne verrückt! Wo sind die denn?"
Da rief einer von ihnen plötzlich ganz aufgeregt: „Da unten,
seht, am Horizont, was ist das?"
Der Boss kam nun auch an die Stelle, von der sein Kumpan
gerufen hatte und sah es nun auch. „Segel, das sind Segel. Wie
cool ist das denn? Das sind Händler und genau richtig für uns,
die rauben wir aus, kassieren ihr Schiff und werden Piraten."
„Nu ist da aber noch eins und noch eins du, das werden immer
mehr!"
„Was, lass mal sehen! Du hast recht. Das wird 'ne Handelsflotte
sein. Na ja, macht nix. Wir werden uns mal eins davon
ausleihen, wie der brave Bürger das ja so sagt, und werden
dann Piraten. Macht ihr alle mit, Männer?"
Und dann kam: „Jo klar, immer!" „Also denn, wir reiten jetzt
zurück in unser Versteck und warten bis es dunkel wird. Dann
schieben wir eins von ihren Schiffen ins Wasser und hauen ab
und bevor die überhaupt wieder nüchtern sind, haben wir schon
das erste Schiff gekapert. Ist das nicht schön von mir
ausgedacht?"
„Du bist so ein Held!", riefen seine Anhänger.
Der Boss hatte in der ganzen Aufregung, dass er nun Pirat
werden durfte, überhaupt nicht mehr an Sojuk oder die
Dorfbewohner gedacht. Für ihn waren die sowieso nur Schisser,
bei denen es nichts zu holen gab. Nein, er wollte jetzt groß
rauskommen und zwar als berühmter Pirat. Und er war ganz hin
und weg von dem Gedanken, bis ihn einer seiner Leute auf den
Boden der Tatsachen zurück holte und ihn ganz
einfach mal fragte: „Sach ma, Boss, kannst du denn überhaupt

segeln? Ich mein ja bloß."

„Wieso?", sagte der Boss. „Muss man das können?" „Ich glaube schon", sagte einer seiner Leute, „zumindest so 'n büsschen wäre nicht schlecht."

„Ach was, papperlapapp, das kriegt ihr schon hin. Wozu hab ich euch denn?"

„Und was machen wir mit unserer Gefangenen?", fragte der Spion nun ganz vorsichtig. „Ach die, die hab ich ganz vergessen. Hm, ach was, die brauchen wir jetzt nicht mehr und wenn das tatsächlich stimmt, was du mir da so erzählt hast, mein kleiner Lieblingsspion, dann lassen wir sie heute Nacht im Wald frei, wenn wir uns das Schiff mopsen, alles klar?

Ole hatte gewusst, dass der Boss in das Dorf reiten würde, um da den Lauten zu machen und war mit den Bewohnern aus der Schusslinie gegangen, war aber trotzdem immer in Sicht- und Hörweite geblieben.

„Hast du das gehört, Ole?", sagte Lars. „Pirat will der jetzt werden, ich könnte mich fast schrubbelig lachen. Das darf man doch keinem erzählen, das glaubt dir doch kein Schwein, nee nee."

„Da magst du Recht behalten", sagte Ole leise, „aber so ganz ohne ist der Bursche trotz allem nicht. Aber lasst uns jetzt zurück ins Dorf gehen. Hat ja gut geklappt mit Leif, die ersten vier Schiffe auf den Strand zu segeln, als wären sie Händler. Ich bin ja mal gespannt, wie die das anstellen wollen, sich eins davon zu besorgen", sagte Ole.

„Und ich erst", erwiderte Lars, „ich möchte das auf gar keinen Fall verpassen, wenn die das Schiff im Wasser haben und das denn mit dem Segeln losgeht. Mann Ole, Alter, das wird der Hammer! Und ich glaube, wir sollten dann doch noch so fair sein und sie da wieder rausholen, bevor sie gnadenlos absaufen."

„Das, glaube ich, wird Leif schon regeln, denn der will ja wohl sein Schiff auch wieder haben", sagte Ole, und rief jetzt alle zusammen: „Hört zu! Wir gehen jetzt alle runter zum Strand und werden Leif dabei helfen, die vier Schiffe auszuladen. Wir tun so, als wäre das ein ganz normales Geschäft. Wir werden hoffentlich sehr genau dabei beobachtet werden, also wiegen wir sie in Sicherheit. Die anderen Schiffe sind auf der anderen Seite schon gelandet und die Crews müssten hier auch jeden Moment aufschlagen. Also Männer, nur Mut! Uns kann nichts passieren, tut einfach so, als wäre alles normal, klar? Na denn, auf geht's!"

Als sie nun am Strand ankamen, wartete Leif schon auf sie. „Hallo Leute", rief er so laut, dass jeder ihn hören konnte, „das ist ja schön, dass ihr kommt. Da könnt ihr uns ja helfen, die Ladung ins Dorf zu bringen."

„Deswegen sind wir ja hier!", rief Ole genauso laut. Alle fassten jetzt mit an, nur diesmal ließ Leif keinen seiner Männer bei den Schiffen. Sie schleppten alle Kisten und Bündel rauf ins Dorf, die gesamte Ladung, die extra für den Boss und seine Schergen bestellt war.

Sie bestand nämlich aus lauter Holzknüppeln, kurze und lange, dünne und dicke, also für jeden Hintern was. Hejuk und Najuk waren nicht mit an den Strand gegangen. Sie hatten im Dorf auf die eintreffenden Besatzungen gewartet und nach und nach waren diese auch alle da.

Leif stand, und man konnte ihm es richtig ansehen, dass er Spaß hatte, in der Mitte des Dorfes und verteilte, so leise es eben ging, die Knüppel an seine Leute.

Als alle einen hatten, sagte er: „So Leute, nun ist es soweit. Dank der guten und klugen Idee von unserem Ole, werden wir heute um Mitternacht so 'n paar Vollidioten mit Sicherheit aus Seenot retten müssen. Dafür, dass die nicht nur dämlich sind, sondern uns auch noch beklauen wollen, gehört denen doch wohl gründlich der Hintern versohlt. Jeder darf mal, dafür stehe ich mit meinem guten Namen ein. So, und jetzt warten wir bis Mitternacht und machen dann ein fröhliches

Stelldichein im Mondenschein."

Der Mond stand sehr hoch am Himmel, als es Mitternacht wurde, und alle Wikinger und Dorfbewohner hatten sich auf den Hügeln rings um den Strand verschanzt. Sie gaben keinen Mucks von sich. Plötzlich hörten sie was, Geraschel und Gemurmel.

Die Red Eriks versuchten, leise zu sein, aber es gelang ihnen nicht so. Man könnte fast sagen: Gar nicht.

„Los Männer, schiebt das Boot ins Wasser, aber leise!"

„Halt, ich will erst noch an Bord", flüsterte der Boss, „ich hasse das, nass zu werden."

„Na das ist ja klar", flüsterten sich seine Clubmitglieder zu, „und der will unser Kaptain sein.Na denn Prost Mahlzeit."

„Was ist jetzt? Schiebt endlich das blöde Boot ins Wasser!"

Sie schoben, was das Zeug hielt und tatsächlich, der Kahn schwamm nach kurzer Zeit. „Ruder raus! Wir müssen hier weg, Leute, Ruder raus!"

Es gelang ihnen, die Ruder klar zu machen, aber das war denn auch alles.

„Rudert", rief der Boss, „rudert, wir müssen hier weg!" Sie versuchten verzweifelt, das Schiff aus der Brandung zu rudern, aber nach kurzer Zeit hatten sich die Riemen so ineinander vertüttelt, dass sie überhaupt keine Fahrt mehr ins Schiff bekamen.

„Was machen die da?", rief Leif Morten zu und der antwortete ihm: „Ich glaube, die versuchen da gerade eins von deinen Drachenbooten zu zerlegen, Leif. Für mich sieht das auf jeden Fall von hier oben so aus."

Lars sah auch, was der Boss da unten fabrizierte und rief Ole zu: „Ole, siehst du das auch, die schrotten das schöne Boot. Nee nee, das kann man sich ja gar nicht mit ansehen, dafür sollte man dem lieben Herrn Boss links und rechts was anne Ohren hauen! Da müssen wir unbedingt hin und das Schiff retten. Kommst du mit?"

„Na klar komme ich mit, auf geht's!"

Sie rannten alle, was sie konnten, runter zum Strand und mit einem fürchterlich lauten "Odin" ins Wasser. Sie schwammen, liefen und hopsten irgendwie daraus und als sie ankamen, waren sie auch in nullkommanix an Bord.

„Sach ma, seid ihr alle total bekloppt? Was soll das hier werden, Seemann spielen? Oder habt ihr gedacht, das schwimmt so einfach mit euch weg? Wo ist euer Kaptain?" Alle zeigten nun nach Achtern, wo der Boss mit dem Ruder in der Hand stand und brüllte: „Leute, das sind Feinde, schmeißt sie über Bord!"

Doch die Mannschaft hing noch so 'n büsschen an ihrem Leben und antwortete ihm: „Nix da, das hier sind Wikinger und Seefahrer, die können das viel besser als wir und wir werden jetzt genau das machen was die uns sagen."

„Was?", schrie der Boss jetzt und wurde hochrot im Kopf. „Das ist Meuterei, das werdet ihr alle bitter bereuen!"

Doch keiner hörte mehr auf ihn. Alle machten bereitwillig das, was Ole und Lars von ihnen verlangten. „Hast du das gesehen, Leif", sagte Morten, „die Bengels haben doch glattweg dein Schiff zurück gekapert."

„Ja, das hab ich auch gesehen, Morten. Mensch, dass ich das noch erleben darf! Sach ma, hast du noch so 'n kleines Fässchen Met dabei? Das müsste man doch glatt so 'n büsschen feiern, oder was meinst du dazu?"

„Ach Leif, du weißt doch, ich habe immer was dabei. Ohne den berüchtigten Hau-drauf-Schluck ziehe ich doch gar nicht erst los. Also Hörner raus, Met da rein und weiter zugucken!"

Auf dem Drachenboot ging es nicht ganz so gemütlich zu wie bei den beiden Schnapsdrosseln an Land. Hier mussten sie nun richtig arbeiten.

Den Boss hatten sie wie ein Paket zusammengeschnürt und in irgendeine Ecke gesetzt, wo er nicht störte. Sein Gemecker und Gefluche ging Gott sei Dank im Lärm der Brandung unter und somit fluchte er die ganze Zeit ab ins Nirwana.

Lars befahl nun den Männern, das Segel zu setzen und die Riemen wieder einzuholen, was unter seiner Führung auch ziemlich schnell passierte.

„Dreht das Boot an den Wind und pullt, was eure Lungen hergeben, dann kommen wir auch gleich wieder frei!"

Sie ruderten wie die Verrückten.

Das sah zwar nicht schön aus, aber hatte Erfolg, denn nach kurzer Zeit war das Boot aus der Brandung raus, hatte guten Wind im Segel und fuhr nun erst mal so 'n Stück raus, um dann zu wenden und vor dem Wind zum Strand zurück zu kehren.

Morten und Leif saßen immer noch auf dem Strand und hatten schon ganz rote Nasen vom Met und vom Gucken der seemännischen Leistung, die die beiden Jungs da vollbracht hatten.

„Hast du das gesehen, Morten?", schluchzte Leif.

„Am liebsten würde ich das Ganze noch mal sehen."

„Ich auch", sagte Morten und Tränen der Freude kullerten nun beiden übers Gesicht. „Wir sind noch nicht ausgestorben, es gibt sie noch, diese jungen harten Kerle. Und ich dachte, dass wir die letzten sind", jammerte Leif.

„Und ich dachte das auch", heulte Morten und beide fielen sich in die Arme und weinten und tranken und weinten und tranken, bis sie schließlich nach links und rechts zur Seite kippten und schnarchten und von der Gefangennahme überhaupt nichts mitbekamen.

Ole und Lars waren zurück auf den Strand gesegelt, hatten aber die Red Eriks an Bord gelassen, und zwar, um sie zu schützen vor der aufgebrachten Menge, die lautstark rief: „Her mit dem Gesindel! Wir wollen unseren versprochenen Stockhieb und wir wollen ihn jetzt!"

„Geduld, Männer von Island, alles zu seiner Zeit! Wartet doch bis Leif und Morten wieder da sind."

„Wo sind die eigentlich?", rief jemand aus der Menge.

„Sind die in der Schlacht gefallen, wie sich das für richtige Wikinger gehört?" „Ja, so könnte man das nennen. Umgefallen sind die beiden auf jeden Fall. Kommt mal mit. Die liegen dahinten in den Felsen. Aber kriegt keinen Schreck, denn in der Schlacht gefallen sieht eigentlich so 'n büsschen anders aus."

Als sie nun alle bei den Felsen angekommen waren, konnten sie sich vor Lachen kaum noch halten. Die beiden lagen eng umschlungen da und schnarchten sich gegenseitig einen vor. „Nee ist das süß!", rief Bjarke.

„Aber jetzt wollen wir dem Schmusen mal ein Ende bereiten und mal wieder zur Tagesordnung übergehen. Holt mir mal einen Eimer Wasser! Das ist ja voll der Wikingerstilbruch, was die da machen. Mensch, wie sieht das aus! Peinlich, einfach nur peinlich!" Bjarke bekam den Eimer Wasser in Windeseile, denn was jetzt kam, wollte sich echt keiner entgehen lassen. Er nahm den Eimer und schmiss ihn über die beiden wech.

Mit einem: „Alter, was ist denn jetzt los? Äh, was, wie, wo? Alle zu den Waffen, wir saufen ab, wir saufen ab!" wurden sie wieder wach. Sie machten die Augen auf und sahen mit völlig verkatertem Blick alle ihre Leute, sich biegend vor Lachen, vor sich.

Leif kam als Erster wieder hoch, gab seinem Kumpel Morten die Hand und zog ihn nun auch wieder auf die Beine. Die beiden standen vor der lachenden Menge, schauten sich gegenseitig an und fingen dann genau so an zu lachen wie die anderen. „So, jetzt habt ihr euren Spaß ja wohl gehabt. Lasst uns jetzt mal runter zum Strand gehen und uns mit den Red Eriks beschäftigen. Ich werde das regeln", sagte Leif, „und ich möchte keine Widerrede hören, ist das klar?"

Am Strand angekommen, kletterte Leif auf das Drachenboot und sah jetzt die verängstigte Crew vom Boss der Red Eriks. Er ging auf den zusammengetüttelten Erik zu und fragte: „Bist du der Boss hier von das Ganze? Mann Mann, wie bescheuert muss man eigentlich sein, um so was zu machen? Aber was soll's, ich glaube, ihr seid nicht nur blöde, ihr seid auch lebensmüde. Solche Aktionen durchzuführen! Jetzt frage ich euch und ich frage euch nur ein einziges Mal: Wer von euch will wieder ein guter Bürger dieser Insel werden, sich immer anständig und korrekt verhalten und keinen Scheiß mehr bauen? Der hat jetzt die Chance sich zu melden."

Es waren zwanzig Red Eriks, die das Schiff an sich gebracht und wieder an die Wikinger verloren hatten.

Von denen meldeten sich fünfzehn, die keinen Bock mehr hatten, sich von ihrem Boss führen zu lassen. „Okay", sagte Leif, „ihr fünfzehn steht jetzt auf und erzählt mir, nein nicht mir, sondern allen auf dem Strand, wo ihr das Mädchen habt, ist das klar! Und wenn ihr das nicht sagen wollt, auch gut. Dann erklärt ihr das eben den Frauen im Dorf."

„Nein, nein! Nicht den Frauen, Gnade! Wir werden alles erzählen!" „Na denn man los!" „Wir haben sie im Wald freigelassen, weil sie ein Troll ist. Ihr dürft sie nicht wiederholen, sonst seid ihr verloren!"

„Ach, ein Troll ist die? Sach ma, ihr glaubt auch wirklich alles, was man euch erzählt, wa? Mensch, das war ein Märchen, das wir euch da erzählt haben. Na ja, aber bei dem Boss ist das ja auch kein Wunder, das man so handelt. Okay, ihr könnt von Bord gehen und kriegt erst mal keine Kloppe. Aber ihr werdet ins Dorf laufen und euch bei jeder Frau entschuldigen, der ihr Angst gemacht habt, und was die mit euch machen, weiß ich nicht und ist mir auch ziemlich egal. Nun zu euch fünf Spezies. Für euch habe ich mir etwas ganz Besonderes ausgedacht. Ihr werdet zu den Orkneyinseln segeln und dort meine Schafe hüten."

„Was, zu den Orkneys? Bist du verrückt geworden? Niemals!", brüllte der Boss. „Nicht mit mir! Lieber werde ich fromm, bevor ich da hin gehe!" „Da werden sich meine Schafe über so viel geistlichen Beistand freuen, mein lieber Boss. Das ist doch das, was du wolltest", sagte Leif nun, „du der Boss über eine ganze Herde dummer Schafe. Damit veränderst du dich doch überhaupt nicht ein bisschen und morgen segelst du los, ob du willst oder nicht, basta! Und noch was, ich habe gerade beschlossen, Island mit in meine Handelsroute einzubeziehen und werde damit automatisch öfter mal hier sein. Und wenn ihr meint, hier irgendwie noch mal auftauchen zu müssen, um euch an den Bewohnern zu rächen, dann werden ich und meine Männer euch jagen. Wenn es sein muss, sogar bis in die Hölle und zurück, ist das klar?" Die Red Eriks bekamen es jetzt mit der Angst zu tun und konnten keinen Ton außer „Ja, wir haben verstanden" mehr raus bringen.

„Na denn ist ja gut", sagte Leif und winkte Bjarke zu sich. „Bjarke, du nimmst dir ein paar Männer und segelst morgen rüber zu den Orkneys und löst unsere Schafhüter mit diesen begeisterten Mitarbeitern ab. Nimm Proviant für zwei Monate mit, dann segeln wir da mal vorbei und schauen nach dem Rechten, alles klar?" „Jo, alles klar, geht los, Leif."

„Na, die sind wir los, Morten", sagte Leif, als er wieder auf dem Strand stand.

„Sach ma, Morten, wie war das eigentlich noch mit dem Haudrauf-Met, hast du da noch was von?"

„Na klar, immer", lachte Morten. „Na denn wieder 'ne Runde kuscheln!" „Geht los, Alter. Hörner raus, Met rein und ab geht das." Ole und Lars standen auf dem Strand, als Lars Ole fragte: „Und was machen wir jetzt?"

„Ich gehe zurück aufs Schiff. Ich möchte mal wieder bei Anne sein und auch mal wieder auf der Annemarie Petersen in meinem Bett schlafen." „Das ist eine gute Idee", sagte Lars, „ich war ja auch schon länger nicht mehr an Bord und könnte die anderen auch gut wiedersehen. Also los, auf zum Beiboot und nix wie rüber zum Schiff."

Als sie am Schiff ankamen, wurden sie auch sehr herzlich von allen empfangen. Anne lief sofort auf Ole zu, umarmte ihn und sagte: „Da bist du ja wieder, du Rumtreiber! Wurde ja aber auch Zeit, dass du dich mal wieder blicken lässt."

Man konnte ihr deutlich ansehen, dass sie heilfroh war, dass sie ihren Ole unbeschadet wieder hatte. Sie redeten alle noch über das große Abenteuer mit den Red Eriks und lachten darüber, wie dämlich die sich angestellt hatten. Dann gingen sie alle, bis auf die Ankerwache, schlafen.

Am nächsten Morgen wurde Ole von lautem Lachen geweckt. Er zog sich an und ging an Deck. Leif und Morten waren zu Besuch auf die Annemarie Petersen gekommen und saßen nun beim Frühstück mit Jasper, Jeppe, Jelle, Farin, Ede, Fred und Willy.

„Hallo Ole, altes Haus, komm setz dich doch zu uns und iss 'nen Happen. Ist voll gut, Mann! Und wenn Willy nicht unbedingt mit um die Welt segeln würde, hätte ich mit Sicherheit einen Job für ihn gehabt. Aber Pech für mich, na ja, so ist das eben."

„Hallo Leif, hallo Morten", sagte Ole noch ganz verschlafen, „was macht ihr denn hier?" „Och, wir wollten euch eigentlich nur mal besuchen und haben auch noch jemanden mitgebracht."
„So, wen denn?", fragte Ole.

„Na, dreh dich doch mal um", sagte Morten, und als Ole das tat, lief ihm auch schon Sojuk entgegen. „Hallo Ole", rief sie. „Hallo Sojuk, da bist du ja wieder! Und alles ohne Schramme! Mann, da hast du aber ordentlich Glück gehabt, was?" „Ja, das kann man schon so sagen."

Anne war liegen geblieben.

Sie konnte das ganze heldenhafte Männergetue einfach nicht mehr hören, so wie: „Alter, weißt du noch, wie wir... und so weiter." Das kam ihr so was von blöde vor, dass sie diese Phase auslassen wollte und sich gedacht hatte: Bleibst du

einfach länger liegen und wartest, bis die Heldentaten durch sind und stehst dann erst auf.

Das tat sie dann auch, aber nicht, um sich jetzt mit Leif und Morten zu unterhalten, sondern um Willy in der Küche zu helfen.

Als sie nun ein wenig später an Deck kam und Sojuk sah, war ihre schlechte Laune wie weggeblasen. Sie fielen sich beide in die Arme und wollten sich gar nicht mehr loslassen. Von dem ganzen Radau auf Deck wurde nun auch unsere Hoheit wach und als Lars auf Deck kam und Sojuk sah, fragte er mit noch zusammengekniffenen Augen: „Was will die denn hier?"

Leif und Morten hatte er noch gar nicht gesehen, aber zu spüren bekam er jetzt, was er da so unbedacht rausgehauen hatte. Er spürte einen ordentlichen Stoß in der Seite und bemerkte Anne, die lächelnd neben ihm stand, aber mit einem Blick, der ihm das Blut in den Adern gefrieren ließ und er wusste sofort, dass er großen Mist gebaut hatte und korrigierte sich sofort und sagte: „Sojuk, du bist das, entschuldige bitte, ich habe dich gerade nicht erkannt. Na, da sind wir ja aber alle heilfroh, dass es dir gut geht."

Bei jedem seiner Sätze äugelte er immer wieder zu Anne rüber, aber die stand nun mit freundlichen Augen an der Seite und zeigte Lars den erhobenen Daumen, schnappte sich Sojuk und verschwand mit ihr in der Kombüse.

„Na da haste ja noch mal Glück gehabt", sagte Ole zu ihm, „das hätte auch böse ausgehen können, Alter."

„Ach was", sagte Lars, „ich bin hier der Kapitän und hab das Sagen." „Da wäre ich mir in diesem Fall nicht mehr so ganz sicher", sagte Ole und lächelte.

Nun sah Lars auch die anderen Gäste, die mit aufs Schiff gekommen waren.

Hejuk und Najuk waren auch da und Najuk ging sehr direkt auf Ole und Lars zu: „Vielen Dank für alles, was ihr für uns getan habt! Und euch beiden natürlich auch, Leif und Morten.

Ich möchte euch nicht gehen lassen, bevor ich euch noch was gezeigt habe, etwas, was für mich einzigartig ist. Wir werden morgen dahin gehen und ich glaube, es wird euch gefallen. Ich gehe jetzt zu den anderen Frauen in die Kombüse und lasse euch allein, also bis dann."

„Du, sag mal, Ole, dein Vater hat dir doch 'ne ganze Masse über Island erzählt, war da nicht so 'n büschen Brauchbares dabei?"

„Sei doch nicht immer so neugierig, Lars", sagte Ole, „du willst immer alles gleich und sofort. Lass dich doch einfach von Najuk überraschen. Du bist da wie ein Mädchen." „Ach, wie ein Mädchen bin ich also, du als mein bester Freund nennst mich eine Zicke?"

„Du bist eine Zicke", sagte Ole. „So so", sagte Lars, „dein letztes Wort?"

Ole nickte. „Okay, ich glaube ja, das Schiff muss ganz dringend mal sauber gemacht werden. Wie sieht das hier überhaupt aus! In so einem Saustall kann doch keiner leben! Sieht das bei euch zu Hause eigentlich auch so aus? Ich geh jetzt in meine und ich betone meine Kapitänskajüte und wenn ich wieder komm, ist das Schiff sauber, ist das klar?"

Lars ging brummelnd in Richtung Achterdeck, als die beiden alten Wikinger sich wieder zu Wort meldeten und riefen: „Ja ja, das müsst ihr aber mit einem rosa Puschel machen, und vergesst bloß nicht, noch 'ne Schleife um den Kahn zu binden, das findet Larsilein bestimmt total schick."

Lars blieb kurz vor seiner Kajütentür stehen, drehte sich aber nicht mehr um. Man konnte echt spüren, noch ein so 'n Ding und er würde abgehen wie 'ne Rakete. Er hielt noch einen Augenblick inne, holte tief Luft, machte ganz langsam die Tür auf und verschwand.

„Ich hätte darauf eins meiner Schiffe verwettet, dass er sich noch mal umdreht, du nicht auch, Morten?"

„Und ob, aber der Junge ist echt cool und das ist auch gut so."

„Ihr seid aber auch echt gemein", sagte Ole.

„Was sind wir, gemein? Wir haben ihn nicht als Zicke tituliert, nee, wir nicht. Ich hab das doch nur gesagt, damit er sauer wird und in seiner Kajüte verschwindet."

„Ach so, na ja, da haben wir doch bloß ein bisschen mitgeholfen. Und verschwunden ist er ja auch, und zwar genau dahin, wo du ihn hin haben wolltest", lachten die beiden nun wieder und schlugen sich auf die Knie.

Als die beiden Komiker nun fertig waren mit ihrer Lachnummer, kam Anne wieder auf Deck und fragte Ole: „Na, wo ist Lars denn? Ihr seid doch sonst unzertrennlich, habt ihr etwa Streit?" „Nö, Streit kann man das nicht nennen", fiel Morten Ole ins Wort.

„Ole hat ihn nur als Zicke bezeichnet und ihm vorgeworfen, er sei ein Mädchen. Daraufhin hat Lars gesagt, er soll das Schiff sauber machen und dann haben wir gesagt, er sollte doch einen rosa Puschel nehmen und 'ne Schleife um das Schiff binden. Ist das nicht echt lustig?"

Najuk war jetzt auch an Deck gekommen und hatte das Gespräch mitgehört und sagte: „Schämen solltet ihr euch, den armen Jungen so fertig zu machen, das ist echt nicht lustig. Stimmt das, was die beiden da sagen, Ole? Sag die Wahrheit!"

„Ja, stimmt, war nicht gerade das Coolste von mir."

„Haben wir noch so 'n bisschen von dem roten Traubensaft, Willy?", rief Anne runter in die Kombüse und der antwortete: „Ja, haben wir. Wofür brauchst du den denn?"

„Das kommt gleich. Und kannst du aus den Hühnerfedern ein paar Puschel basteln?"

„Ja klar, aber was hast du vor?" „Kommt noch", sagte Anne und ging an die Reling. Sie hatte immer die beiden Anstifter von das Ganze im Blick, und der war so, dass selbst die gestandenen Wikinger mal lieber ganz ruhig sitzen blieben.

„Hallo, ihr da auf dem Drachenboot!"

„Ja, was ist denn los?", antworteten sie.

„Ihr könnt wieder zurück segeln, euer Kapitän bleibt noch so 'n büsschen hier, der muss hier noch was erledigen. Wir bringen ihn mit dem Beiboot rüber."

„Alles klar! Also Männer, Leinen los, wir hauen hier ab und machen Feierabend. Endlich!"

Anne ging nun wieder rüber zum Kombüsenschott und rief nochmals runter: „Wie weit bist du, Willy?"

„Die Hühnerpuschel sind ganz rosa geworden."

„Macht nichts, Willy, das ist genau richtig."

„Das ist nicht dein Ernst", rief Morten, „das mach ich nicht. Was sagst du dazu, Leif?"

Doch der sagte: „Ach komm schon, Morten, wir machen das. Anne, wir machen das auch alleine, ohne den armen Ole. Der kann dir man helfen, die Küche sauber zu machen, denn schließlich hat der ja auch Zicke gesagt, und wir fangen in der Kapitänskajüte an."

Als die beiden Übeltäter nun an der Kapitänskajüte ankamen, klopften sie an und sangen im Chor: „Hallo, wir sind der Zimmerservice und wollen dein Büdchen entstauben!"

„Was soll das? Haut bloß ab, ihr Spinner!"

Doch Leif und Morten ließen sich nicht abwimmeln. Sie hatten sich noch schnell beide ein Kopftuch umgebunden und machten einfach die Tür auf. Nun standen sie da vor Lars mit ihrem Kopftuch und rosa Puschel.

Bei diesem Anblick konnte sogar der obersaure Lars nicht mehr. Er sah sie an und fing an zu lachen: „Was seid ihr denn für Vögel?"

„Wir wollen deine Kajüte reinigen. Sagtest Du doch, oder?"

„Ich hab ja mit allem gerechnet, aber damit garantiert nicht", sagte Lars, und war nun wieder ganz der Alte.

„Wie kommt man bloß auf solche Ideen?"

„Wir waren das nicht. Anne hat uns dazu gezwungen. Sie hat unser Boot weggeschickt und rosa Puschel machen lassen und jetzt sind wir hier und machen das Schiff sauber, wie du das als Kapitän verlangt hast. Wir werden doch deine Autorität als Kaptain nicht anzweifeln, oder Morten?", sagte Leif .

„So, nu ist aber gut, ich habe mit meiner Neugier ja auch so 'n bisschen übertrieben. Kommt, lasst uns wieder an Deck gehen und Ole aus der Küche retten. Aber echt 'ne scharfe Show, das muss ich mal sagen. Ihr seid echt krass."

Als sie nun an Deck kamen, stand die gesamte Crew da und rief laut auf: „Da ist er ja wieder, unser Lieblingskapitän, gerade rechtzeitig zum Essen."

Anne ging auf Lars zu und sagte: „Du musst dich nicht von so 'n paar Heinis auf die Palme bringen lassen. Wir sind doch alle Freunde und meinen das doch gar nicht so, nä Ole?!"

„Nö, natürlich nicht!"

„Alles gut, na denn kommt essen."

Es wurde Abend und sie saßen und erzählten von früher. Ole von seinen Erlebnissen mit Rikkelsen und Leif und Morten von völlig abgedrehten See- und Raubfahrten, von denen ganz bestimmt nicht einmal die Hälfte stimmte.

So wurde es dann auch Nacht und alle gingen ins Bett.

Am nächsten Morgen war Lars natürlich wieder mal der Aufgeregteste von allen.

"Wann geht es denn los? Ich bin ja man so aufgeregt."

„Du musst dich aber noch ein bisschen gedulden, Lars, denn meine Überraschung findet immer um die gleiche Uhrzeit statt, also noch etwas Geduld", sagte Najuk.

Sie frühstückten noch in Ruhe und dann ging es los.

Najuk fragte Lars: „Kannst du das Schiff auf die andere Seite der Insel segeln? Da müssen wir nämlich hin, und zu Fuß würde das zu lange dauern."

„Na klar", sagte Lars und rief: „Alle Mann an Deck! Wir segeln auf die andere Seite!"

„Alles klar, Kaptain", rief Jasper, „also Jungs, Segel setzen und Anker auf, wir gehen in Fahrt!"

Kapitel 12 : Die Überraschung

Die Überraschung

Alle auf dem Schiff machten jetzt wieder das, wofür sie eigentlich mit waren, nämlich segeln. Das Schiff war in kurzer Zeit seeklar gemacht worden und Morten und Leif staunten nicht schlecht über die gewaltige Segelfläche, die das Schiff hatte.

„Hast du so was schon mal gesehen, Leif?", sagte Morten.

„Nä, das ist echt der Hammer, das wäre genau das richtige Teil für meine Handelsflotte. Aber leider segelt dieses Schiff ja erst mal um die Welt, echt schade, Mann."

Sie segelten mit guter Fahrt rum um die Insel bis Najuk sagte: „Hier müssen wir jetzt irgendwo ankern und dann noch etwas zu Fuß ins Inselinnere. Ihr werdet staunen, wenn ihr das seht, das verspreche ich euch."

Lars, Jasper und Jeppe machten das Dingi klar und ließen es zu Wasser. Bei den ganzen Leuten, die sich auf der Annemarie Petersen aufhielten, mussten sie drei Mal übersetzen, bis alle an Land gebracht waren. Die Annemarie Petersen blieb nun ohne Ankerwache zurück und hatte nun auch mal Pause von der ganzen Bande.

„Wir müssen jetzt da lang", sagte Najuk und zeigte in die Berge. „Was, da ganz hoch?", rief Morten, „das ist aber nichts für so 'n alten Mann."

„Komm schon, lass knacken", lachte Leif, „das wirst du doch wohl noch schaffen! Oder bist du einfach nur noch so 'n oller Opa?"

„Ich werde dir mal zeigen, wie so 'n oller Opa dich ganz schnell mal abhängt, du zu-Mensch-gewordenes-Kriechtier!" So feuerten sich die beiden alten Wikinger gegenseitig an und kamen denn auch bis zur ersten Rast ein ganzes Stück auf den Berg. „Ist das noch weit?" fragte Leif.

„So langsam geht mir echt die Puste aus. Ich bin Seemann und so was nicht gewohnt."

„Ja, mir geht das nicht anders, aber ich finde, wir halten uns trotzdem nicht schlecht mang die ganzen jungen Leute."

„Nein, ist nicht mehr weit, vielleicht noch eine Stunde, denn sind wir da", sagte Najuk. „Aber erst mal machen wir Pause, essen und trinken was und dann geht es weiter."

Und so machten sie es dann auch. Nach einer knappen Stunde war es dann soweit.

„Wir sind da", sagte Najuk, und Sojuk fragte: „Mama, wo sind wir, hier war ich noch nie."

„Wir sind am Berg des speienden Wassers, es wird gleich der Gott der Erde und des Wassers zu uns sprechen und uns den Schutz vor den bösen Dämonen bringen. Haltet inne und spürt einfach, was kommt. Schließt die Augen und macht sie erst wieder auf, wenn ich es sage."

„Gefallen tut mir das ganze unheimliche Getue ja nicht", sagte Leif, „aber sei's drum, alles wird gut."

Sie standen nicht lange so da, als plötzlich die Erde anfing zu vibrieren und Lars sagte: „Oh Mann, was ist das denn?!"

Das Vibrieren wurde immer stärker und auf einmal rief Najuk: „Jetzt die Augen auf!"

Es war, als würden alle Götter verrückt spielen. Ein riesiger Strahl aus Wasserdampf schoss in die Höhe. Ein Schauspiel von unbeschreiblicher Schönheit ließ alle verstummen und zeigte den Betrachtern, wie klein sie dagegen waren. „Wow!", rief Lars.

„Najuk, du hattest recht. Das haut mich einfach um! Ich hab ja schon vieles gesehen, aber das hier ist schlicht weg der Hammer!"

Den anderen hatte es genau wie Lars die Sprache verschlagen und sie kamen nur nach und nach wieder zu sich und sagten nichts, so beeindruckt waren sie von der Kraft der Natur. Schweigend stiegen sie wieder zum Wasser hinunter. Als sie unten am Beiboot wieder angekommen waren, hatten sie doch alle ihre Sprache wieder gefunden und diskutierten heftig durcheinander, wer jetzt den besseren Platz zum gucken hatte oder wer jetzt von der ganzen Sache am meisten beeindruckt war. Aber eins war sonnenklar, Najuks Überraschung war ein Volltreffer gewesen, den unsere Freunde niemals mehr vergessen würden.

Als sie dann wieder auf der Annemarie Petersen waren, hatte sich alles wieder normalisiert und die Arbeit an Bord nahm ihren Lauf, als Najuk sagte: „Ihr alle habt mir gerade einen großen Traum erfüllt. Ihr glaubt gar nicht, wie sehr ich euch dafür danke. Am liebsten würde ich euch nie wieder gehen lassen, aber ich weiß ja, dass das nicht geht. Nur eines müsst ihr uns versprechen und zwar, dass ihr uns besuchen kommt. Ihr seid immer bei uns auf Island willkommen."

Sie brach nun in Tränen aus und konnte gar nicht mehr sprechen, als Hejuk sie zur Seite zog und sagte: „Danke Männer! Danke für alles!" Er nahm seine Frau und brachte sie unter Deck.

Lars und die andere Bande waren aber völlig aus dem Häuschen. Lars sagte: „So, denn lass uns los, also Segel setzen und Anker auf."

Die Annemarie Petersen segelte nun wieder zurück und an Bord kehrte wieder der normale Ablauf ein.

Willy stand mit Anne in der Küche und Farin, Jasper und die anderen machten ihre Decksarbeit, so wie immer. Plötzlich kam Ole runter in die Kombüse, nahm Anne bei den Händen, zog sie in den Gang und sah sie, aus Willys Sicht betrachtet, ganz komisch an.

„Willy, kannst du mal so 'n Augenblick verschwinden", sagte er, und Willy verzog sich, ohne weitere Fragen zu stellen.

Als die beiden nun alleine waren, fragte Anne: „Ole, das ist jetzt aber nicht das, wofür ich es halte, du alter Häuptlingssohn." Ole lächelte sie an, fiel vor ihr auf die Knie und sagte: „Anne, wir kennen uns schon so lange Zeit und haben schon so viel erlebt, wir sind auch schon ganz lange ein Paar und ich denke es ist an der Zeit, dass ich den Schritt wage, dich zu fragen, ob du nicht für immer mit mir zusammen sein möchtest. Also frage ich dich: Willst du meine Frau werden?"

Anne schluckte und bekam überhaupt keine Luft mehr und das alles mang das ganze Gemüse, das da so rum lag.

„Ja", rief sie laut, „ja natürlich will ich das!"

Und sie fiel Ole um den Hals und Ole drehte seine Braut so doll durch die Kombüse, dass die ganzen Pötte nur so schepperten.

Lars war erst gerade wieder an Deck gekommen, er war mal kurz Kursberechnen gewesen, als er den Radau aus der Kombüse hörte. Er sah aber auch, dass Willy mit verschränkten Armen an der Reling stand und vor sich hin schmunzelte.

„Was ist hier los?", rief er. „Wer randaliert hier in meiner Kombüse rum?" Er schaute über Deck und suchte nach Leif und Morten. Hätte ja sein können, dass die keinen Met mehr hatten und den in der Kombüse jetzt verzweifelt suchten, aber die beiden saßen fröhlich, mit Jasper und Jelle plaudernd, auf dem Vorschiff und hatten genug Met dabei. Nun wurde ihm die Sache doch zu doll.

„Wer nimmt da gerade meine Kombüse auseinander? Willy, und was machst du um diese Uhrzeit hier oben?"

„Frag doch mal Ole und Anne, die sind nämlich da unten und machen Party."

„Was, Ole und Anne, das kann ich nicht glauben, was du da sagst und warum um alles in der Welt rettet ihr den armen Kerl nicht?"

„Ach, das brauchen wir, glaube ich, gar nicht", sagte Willy, „das kann der schon ganz alleine. Dieses Wasserding auf der Insel muss wohl ordentlich was bewirkt haben in ihm, und nun werden wir wohl bald noch ein richtig schönes Fest feiern, so wie das aussieht."

„Red nicht so 'n Quatsch und sprich nicht immer in Rätseln. Was geht hier ab? Wenn man nicht alles selber macht und im

Auge behält!"

Lars ging jetzt selber runter in die Kombüse, und als er da unten ankam, sah er Ole und Anne freudestrahlend am Tisch sitzen und beide hatten Tränen in den Augen. Ein paar vor Glück und ein paar, weil das ja alles so romantisch war, das Ganze.

„Was ist hier los, lass sofort den armen Ole los, Anne, man kann doch über alles reden. Guck doch mal, der weint ja schon! Kennst du denn gar kein Mitleid?"

„Ich lass Ole ganz bestimmt nie wieder los, Lars", sagte Anne, „nie mehr!"

„Und wie soll er dann das Schiff segeln und du hier unten mit Willy kochen, hä, wie hast du dir das denn gedacht?"

„Alles nach der Hochzeit, alles nach der Hochzeit", sagten sie nun beide im Duett.

„Was denn für 'ne Hochzeit?", rief Lars nun aus.

„Na die von Ole und Anne, du Dösbaddel! Man merkt schon, dass du Fischer bist und so was nicht erkennst.

„Das sieht man denen doch an! Mensch Lars, also du bist aber auch wirklich bloß Kaptain, wa?"

„Was denn, ihr wollt echt heiraten?", rief Lars laut.

„Ja, das wollen wir und du wirst uns trauen, denn du bist der Kapitän und darfst das."

„Woher weißt du denn so was schon wieder?"

„Ich hab Lang Schnott Nese gefragt, als ich mit ihm mal kurz alleine war, und der kennt sich ja nun mit den Gesetzen hier bestens aus. Und da es ja hier noch keinen Geistlichen gibt, kann das auch der Kapitän eines Schiffes machen, und das bist hier bei uns nun mal du. Also, du denkst dir jetzt mal so 'ne wunderschöne Rede aus, und wenn ich wunderschön sage, denn meine ich auch wunderschön. Und dann traust du uns. Vielleicht kannst du ja Leif oder Morten fragen oder besser noch Hejuk und Najuk. Ich glaube, die beiden würden sich am meisten darüber freuen, dir zu helfen. So Anne, ich glaube fast, wir müssen noch so 'n büsschen hierbleiben, aber erst mal gehen wir beide noch oben auf Deck und sagen es der Bande. Ich glaube, das wird schon 'ne Party geben."

„Halt", rief Lars, „ich bin der Kapitän hier auf diesem Schiff. Ich gehe zuerst rauf und ihr folgt mir. Heiraten, so was hab ich ja noch nie gemacht", brummelte Lars, als er hochging.

Oben auf Deck war alles wie sonst , bis auf dass Willy an der Reling stand, aber das hatten die anderen Decksleute gar nicht so bemerkt.

Sie hatten zwar mal gesagt: „Willy, geh mal zur Seite, du stehst im Weg." Aber sonst hatten sie ihn eigentlich überhaupt nicht wahr genommen.

„Männer", rief Lars, „hört mal her, ich oder viel mehr Ole und Anne möchten euch was sagen. Und nun bitteschön, ihr beiden."

Ole trat vor und war hochrot im Kopf und wusste auf einmal gar nicht mehr, wie er das jetzt anfangen sollte, aber Anne kam ihm zur Hilfe und sagte: „Wir wollen heiraten und zwar hier auf Island. Habt ihr alle noch so 'n büsschen Zeit, um dabei zu sein?"

Einen Augenblick war Totenstille im Schiff, aber als sie das nun auch wirklich alle begriffen hatten, was da passiert war, ging das Gejubel aber so was von los. Das Ganze dröhnte durch das gesamte Schiff und drang somit auch zu Hejuk, Najuk und Sojuk vor, und die kamen nun alle drei ganz schnell an Deck. Sie dachten, Lars wäre auf Grund gelaufen, aber als sie sahen, dass die halbe Besatzung in den Wanten hing und die andere Hälfte über das Schiff tobte, blieben sie erst mal ganz verdutzt stehen.

„Kommt, feiert mit", rief Anne, „Ole und ich wollen heiraten!" Anne nahm Najuk bei der Hand und zog sie einfach hinter sich her. „Du wirst meine Trauzeugin und keine andere, klar!?"

„Ja, natürlich ist das klar!" rief Najuk und Anne erwiderte:

„Komm Najuk, komm, wir machen jetzt das, was wir am besten können." „Und was ist das?", fragte Najuk. „Heulen", rief Anne, „heulen. Los jetzt, alle Mädels auf Befehl heulen!"

Trotz des ganzen Durcheinanders kam die Annemarie Petersen dennoch an ihrem alten Ankerplatz an und alle hatten sich erst mal so 'n büschen beruhigt.

Die beiden alten Klabauter waren über ihrem Met eingeschlafen und die anderen räumten das Schiff wieder auf; nur Ole und Anne nicht, die waren mit Hejuk, Najuk und Sojuk an Land gefahren, denn Najuk hatte darauf bestanden, dass Anne, solange sie noch nicht verheiratet war, bei ihnen wohnt und Ole sie auch nur bis zum Haus begleiten durfte.

Danach sollte er man schön wieder zum Schiff zurückrudern. Das war für ihn wie so 'n gefühlter Rausschmiss auf höchster Ebene, aber egal, was sein muss, muss eben sein.

Und so ruderte er eben wieder zum Schiff zurück.

Als er wieder auf dem Schiff war, saßen Lars, Leif und Morten zusammen und arbeiteten an der Rede, die Lars ja nun halten sollte und es ging anscheinend sehr gut voran. „Na, kommt ihr vorwärts?", fragte Ole.

„Du gehst mal lieber unter Deck", sagte Leif, „das hier geht dich überhaupt nichts an mein Lieber, also hopp, ab mit dir!" Ole war sichtlich genervt.

Nirgendwo durfte er mitmachen und so ging er in seine Kammer und schlief dann auch durch, bis zum nächsten Morgen.

Es vergingen ganz genau fünf Tage, die man laut isländischem Gesetz einhalten musste bis zur Hochzeit, und Najuk hatte die ganze Zeit am Brautkleid gearbeitet.

Es konnte sich wirklich sehen lassen. Sie hatte ihr eigenes Brautkleid so umgearbeitet, dass es jetzt Anne passte. Sie sah wunderschön darin aus und Najuk sagte zu ihr: „Wenn Ole dich darin sieht, denn fliegt der glatt rückwärts inne Ecke, meine Liebe."

Aber auch die Männer waren nicht tatenlos. Leif war an Land gerudert und hatte seine Hochzeitsklamotten geholt, und Morten, der früher auch mal so 'n büsschen als Segelmacher gearbeitet hatte, nähte sie ihm denn auch passend um.

Ole sah aus wie ein Wikingerlord und alle waren ganz stolz auf Mortens so gelungene Arbeit, und dann kamen so Sprüche wie: „Nä, is he nich söd, wat fürn Schnukki! Na den erkennt Anne bestimmt gar nicht wieder!"

Und Willy kam als letzter dran und meinte: „Hach, ist das alles romantisch! Ich glaub, ich wein gleich."

„Das tust du nicht!", rief Jasper und Willy fragte: „Warum denn nicht?" Und Jasper schluchzte: „Weil ich als Erster will." „So, ist jetzt mal gut", rief Ole, „wir müssen jetzt an Land, sonst kommen wir noch zu spät!"

Nun ruderten sie alle Mann an Land, um den großen Tag von Anne und Ole zu feiern. Es war ein wunderschöner Tag auf Island. Najuk spielte die Trauzeugin für Anne und Hejuk den Trauzeugen für Ole, und als Ole seine Anne sah, kam von ihm nur noch ein: „Wow", mehr bekam er nicht raus.

Najuks Spruch mit „Der wird rückwärts inne Ecke fliegen", war nu gar nicht mehr so daneben. Alle bewunderten die Braut und staunten nicht schlecht. Lars trat nun nach vorne und hielt seine Rede.

„Wir kennen unseren Ole, seitdem er damals mit seinem Metfass bei uns in Skagen an die Küste gespült wurde. Als er aus diesem heraus kroch und als erstes Anne sah, war mir damals schon klar, die beiden gehören zusammen. Wir haben damals viele Sachen zusammen gemacht, die uns alle zu Freunden gemacht haben. Wir kennen aber auch Anne, die immer schon irgendwie das Ruder in der Hand hatte und auf unserer Tour durch die Rikkelsen-Ära immer Ole am nächsten war. Da war ja ständig zu hören, Ole hier, Ole da und Anne hier und Anne da.

Na ja, kurz und gut, das musste ja hier enden.

Und nun frage ich euch: Ole, willst du Frau Anne Sörensen zu deiner rechtmäßigen Ehefrau nehmen, so antworte mit 'Ja, ich will.'" Und Ole sagte: „Ja, ich will!"

„Nun zu dir, Anne, willst du diesen Baggaluten Ole Svensson zu deinem rechtmäßigen Ehemann nehmen, so antworte mit 'Ja, ich will!'" Und Anne sagte: „Ja, ich will!"

„So denn", rief Lars, „bei Odin seid ihr nun Mann und Frau und Odins Raben mögen euch begleiten. Du darfst die Braut jetzt küssen."

Als Ole das tat, drehten alle total durch.

„Och, guck mal, ich will auch, ich wein jetzt. Nix da, ich erst."

Man könnte jetzt beibleiben, aber irgendwann ist ja mal Schluss.

Ole hatte in der Zeit, in der er beschlossen hatte, Anne zu fragen, einen Ring aus Holz geschnitzt und den schob er ihr jetzt über den Finger und sagte: „Er soll dich beschützen, wenn ich mal nicht bei dir sein kann."

Und Anne legte Ole ihre Kette um, die sie von ihrer Mutter hatte und sagte: „Die soll dich beschützen, wenn Odins Raben mal gerade was anderes vorhaben. Aber nun lasst uns feiern, was das Zeug hält!"

Leif und Morten tanzten wie die jungen Götter mit den Frauen des Dorfes und die anderen übten sich im Bogen-danebenschießen, denn mit ordentlich Met im Kopp war das Treffen der aufgestellten Scheibe nicht mehr so ganz genau gegeben und man sollte doch lieber hinter den Schützen bleiben.

Ole und Anne hatten sich zurückgezogen und waren dem Trubel ausgewichen, indem sie auf das Schiff zurückgekehrt waren, um sich dort einen ruhigen, romantischen Abend zu machen. Die anderen aber vermissten sie überhaupt nicht. Leif und Morten flirteten wie die Großen und waren richtig in ihrem Element. Lars tanzte mit Sojuk, und Najuk heulte mal wieder rum, aber dieses Mal, weil alles so schön war.

Jasper trat auf einmal in die Mitte, hob die Arme und alles war sofort ruhig. Er drehte sich einmal um die eigene Achse und fing dann an zu singen: „Wikinger, Wikinger, ho ho ho! Wikinger, Wikinger, go go go!"

Er sang noch viele Songs diesen Abend, die er aus dem Chartbuch von Lars kannte, und der hatte das Ding damals von Knut bekommen.

Diese ganz besondere Nacht dauerte sehr lange und es war schon ordentlich hell, als der Letzte von der Bank rutschte.

Ole und Anne waren wieder an Land gerudert, um mal zu sehen, wie das denn da ausgegangen ist, und als sie in das Dorf kamen, hörten sie nur das Meckern von so 'n paar Ehefrauen, die ihre Männer abholten.

„Musst du immer so viel trinken? Das ist ja widerlich!", und so was wie „Ich hab genau gesehen, wie du die ganze Zeit die Nachbarin angeguckt hast, komm du mir nach Hause!"

„Oha", sagte Ole zu Anne, „werden wir auch mal so?"

„Ich glaube eher nicht. Wir werden ein bis drei Wikingers kriegen und die werden uns denn so auf Trapp halten, dass wir gar keine Zeit haben, uns um so 'n Quatsch zu kümmern", sagte Anne, sah Ole an und meinte nur: „Schatz, bleib du man so, wie du bist, anders möchte ich dich gar nicht haben."

Ole fiel sichtbar ein Stein vom Herzen. Er wollte schon Kinder, aber erst mal eins und denn mal gucken.

Er stand da wie angewurzelt und Anne rief ihm zu: „Das war ein Scherz, Herr Svensson. Komm jetzt."

Ole kam wieder zu sich und fragte Anne: „Frau Svensson, was haben Sie denn jetzt vor?"

„'Ne Masse Spaß, Herr Svensson."

Anne zog das Nebelhorn der Annemarie Petersen aus ihrer Tasche, winkte Ole zu und rief: „Jetzt weckst du sie alle mal. Ich geh zu Najuk und mach Frühstück für die Bande. Aber ordentlich tuten, nicht so freundlich, auch mal so 'n büschen dichter am Ohr vorbei. Und denke daran, ich hör und sehe das. Ich bin jetzt Frau Svensson, deine Frau."

Anne verschwand im Haus von Najuk und Ole stand nun da mit dem Nebelhorn in der Hand und wusste nicht so recht, ob er das seinen Kumpels wirklich antun sollte, als plötzlich Anne mit Najuk wieder in der Tür stand und ihm zurief: „Pusten Ole, nicht vergessen, ordentlich pusten!"

Jetzt hatte Ole keine Wahl mehr.

Er nahm das Nebelhorn und pustete, als sei irgendwo Feuer ausgebrochen. Sojuk hing an der großen Dorfbimmel und läutete wie so 'ne Blöde mit dem Teil.

Morten sprang als erster hoch und rief: „Zu den Booten, die Engländer kommen!"

Leif sprang hinterher und rief: „Hilfe, meine Frau kommt!"

Die anderen kamen zwar auch hoch, allerdings nur so nach und nach.

Aber die zwei mussten beide Gefahrensituationen wohl schon mal durchgemacht haben, denn sie liefen auch in verschiedene Richtungen davon, angeblich um den Feind zu täuschen, wie sie ihnen dann so zwei Stunden später erzählten, dann aber nicht mehr darüber reden wollten.

Es war ein Bild des Jammers, als sie nun alle an der großen Tafel rumhingen und ihr Frühstück ganz vorsichtig aßen.

„Das wird wohl heute nichts mehr mit Losfahren, was Lars", sagte Anne zu ihm.

„Wie was, losfahren, warum heute?", fragte Lars.

„Ich dachte ja nur so, weil du ja gar nicht schnell genug von Sojuk wegkommen konntest, oder etwa nicht?"

„Was soll das denn jetzt? Wer sagt denn so was? Ole, sag du doch auch mal was!"

„Ich darf nicht, ich bin verheiratet."

„Nu mach nicht hier den 'Ich bin verheiratet' und hilf mir mal. Was soll das hier werden?" Lars war noch nicht ganz fertig, als er plötzlich unterbrochen wurde.

„Hallo Lars, ist hier noch frei?" Er sah zur Seite und Sojuk stand neben ihm. „Ja", sagte Lars, „setz dich man hin."

„Das ist aber nett von dir, Lars. Und überhaupt, der ganze gestrige Abend war nett mit dir, und dass ich mit um die Welt segeln darf, ist supernett von dir!"

„Halt, stop! Wie, der gestrige Abend war nett mit mir, und wie, du segelst mit um die Welt?"

„Aber Larsilein, das hast du mir doch versprochen, als du mich deine kleine Hyazinthe genannt hast und ich dich meinen kleinen Borkenkäfer. War das nicht zuckersüß von mir?"

Ole fiel nun echt alles aus dem Gesicht und er sagte: „Alter, das hast du nicht wirklich gesagt!"

„Nein, Ole! Glaub mir, ich kann mich nicht erinnern; der Met."

Alle von der Crew standen nun fassungslos vor Lars, der sich jetzt echt schämte und immer wieder beteuerte, dass er so was niemals gesagt hätte, aber Sojuk ließ nicht locker und bestand darauf, mit zu kommen.

Lars sah jetzt Willy an, der ihm rein zufällig über den Weg lief und er dachte sich: „Ach du Schande, die Küche, das geht nicht, das geht gar nicht!"

Er riss sich jetzt voll zusammen, stand auf und sagte: „Sojuk, du kannst nicht mit um die Welt segeln!"

„Aber warum denn nicht?", fiel Anne ihm ins Wort.

„Weil das einfach nicht geht", rechtfertigte sich Lars.

„Aber ich segel doch auch mit." Man konnte Anne und Sojuk nun langsam ansehen, dass sie fast nicht mehr konnten vor Lachen.

Als Ole das sah, merkte er sofort, dass da was nicht stimmte und half seinem Kumpel sofort aus der Klemme und sagte: „Wir können überhaupt keine Frau auf so eine gefährliche Überfahrt mitnehmen und deshalb segeln wir Männer morgen ganz alleine dem großen Abenteuer entgegen."

„Das wagst du nicht, Ole Svensson!"

„Oh doch, es sei denn, ihr hört auf, meinen kleinen Lieblingskapitän an der Nase herum zu führen."

„Was, das war alles nur ein Scherz?", kam Lars jetzt von

von seinem Stuhl hoch.

„Ja", sagte Sojuk, „du hast mich ja immer so abweisend behandelt und ich dachte mir, du könntest doch gut mal eine Lektion im Umgang mit Menschen vertragen."

Lars stand da und alles wartete auf seine Reaktion, nämlich dass er nun laut losbrüllen würde. Aber das tat er nicht.

Er sagte: „War ich wirklich so schlimm?"

„Und ob!", sagte Sojuk.

„Na dann muss ich mich ja wohl bei dir entschuldigen. Und ich verspreche, dass das nie wieder vorkommen wird."

Alles war nun wieder gut und dem Aufbruch stand nichts mehr im Wege.

Sie hatten sich alle wieder vertragen und blieben noch so ungefähr zwei Wochen auf Island, in denen sie sich alle noch besser kennen lernten.

Doch der Tag der Weiterfahrt rückte immer näher.

Kapitel 13 : Der Aufbruch

Der Aufbruch

Es war ein sonniger Montagmorgen, als auf der Annemarie Petersen Klarschiff gemacht wurde.

Leif und Morten hatten schon ordentlich Proviant auf das Schiff bringen lassen, und die Crew war damit beschäftigt, alle Leinen zu überprüfen, als Lars sagte: „Ich muss noch mal an Land, ich kann nicht wegsegeln, ohne mich von Sojuk anständig zu verabschieden."

Alle starrten Lars an und wussten, dass er doch ein Auge auf sie geworfen hatte.

„Na, worauf wartest du denn noch?", rief Jasper.

„Jeppe, Jelle, ihr macht das Dingi klar und Ole, du und Anne, ihr fahrt mit rüber. Nicht dass unser Kapitän noch da bleibt."

„Ich glaube, das ist eine sehr gute Idee von dir, Jasper", sagte Anne. „Nu komm, Ole, wir wollen denn auch los."

Lars, Ole und Anne stiegen nun ins Dingi und ruderten an Land. Hejuk stand schon am Strand und rief seiner Frau zu: „Sie kommen noch mal zurück, du kannst unserer Heulsuse sagen, dass ihr Zukünftiger sie noch mal besuchen kommt."

Als Sojuk das hörte, kam sie wie so 'n geölter Blitz auf den Strand geschossen und blieb neben ihrem Vater stehen.

„Siehst du, Sojuk, so egal bist du ihm denn doch nicht."

Als das Dingi sich dann auf den Strand schob, gab es für die beiden kein Halten mehr.

Sie rannten aufeinander zu, umarmten sich ganz doll und ließen sich gar nicht mehr los.

„Mannoman", rief Ole Anne zu, „war das bei uns auch so?"

„Daran kann ich mich überhaupt nicht mehr erinnern", sagte sie und lachte.

„Nee Ole, bei uns war das noch viel schöner. Wir hatten schließlich noch einen Bären, der uns dauernd abgeschleckt hat, weil der so eifersüchtig war, weißt du noch?"

„Na klar weiß ich das, das werde ich nie vergessen."

Lars war mit Sojuk ein bisschen abseits gegangen und sagte ihr: „Ich werde dich vermissen, aber auf der Rücktour kommen wir wieder hier vorbei und dann nehme ich dich mit zu mir nach Dänemark. Hättest du Lust dazu?"

„Das ist mir ziemlich egal, wo wir wohnen, Hauptsache zusammen!"

„Aber eines musst du mir versprechen bevor wir segeln", sagte Lars. „So, was denn?", antwortete ihm Sojuk.

„Keine Revolutionen mehr und keine feindlichen Parolen, ist das klar?"

„Das ist ja so was von klar, mein Kaptain", lachte Sojuk, gab ihrem Lars noch einen Kuss und sagte: „Nu aber los mit euch und verbessert mir ja die Welt da draußen!"

Als Lars und Sojuk nun wieder am Strand ankamen, verabschiedete sich der noch von Hejuk und Najuk und dann ruderten Anne, Ole und Lars zurück zum Schiff.

Auf der Annemarie Petersen war alles schon seeklar.

Sie zogen das Dingi wieder am Heck hoch und Lars stellte sich ans Ruder.

Morten und Leif waren noch an Bord und verabschiedeten sich auf ihre Weise, stiegen dann in eines der Drachenboote von Leif und segelten erst mal wieder zurück zu den Färöern, um Morten nach Hause zu bringen.

Bei den Jungs gab es jetzt aber nur noch ein Ziel, nämlich Grönland.

Ein Ziel mit neuen Abenteuern und neuen Freunden und dann kam die Order von Lars: „Jasper und Jelle ans Klaufall, Farin und Ede an die Pik, Fred und Ole an den Besan und Jeppe, du Tüttelst die Vorsegel los. Und wenn ihr alle soweit seid, dann hoch damit!"

Es dauerte nicht lange, dann stand die Annemarie Petersen unter Vollzeug.

Sie drehten den Anker auf und das Schiff ging in Fahrt, Richtung Grönland.
Lange hörte man noch das Nebelhorn, bis es schließlich verstummte und das Schiff am Horizont verschwand.
Aber nicht für immer!

Ende Teil 2

Nachwort. . . . .

Ende ? . . . von wegen !

Das erste Buch entstand **2015** unter dem Titel
"Ole - der <u>kleine</u> Wikinger".

Anschließend wollte der Autor weitere Bücher folgen lassen,
die in ihren Handlungen auf dem ersten Buch aufbauen und sich
stetig weiter entwickeln sollten. Da Ole aber nicht immer
" klein" bleibt, wurde der Name der Buchserie **2017** geändert :

Ole, der Wikinger - " Teil 1 - wie alles begann " bildet somit
die Grundlage, um die folgenden Bücher verstehen zu können.

Beim Autor entstand so die Idee zu einer völlig frei erfundenen,
abenteuerlichen "Weltumsegelung" zur Wikingerzeit :

> **Ole, der Wikinger - " einmal umme Ärde "**

In diesem vorliegenden Folgebuch **Teil 2** trafen sich die
Wikingerkinder nach 12 Jahren dann als 18-jährige Jugendliche
wieder, einmal um die Welt zu segeln, um die vielen Länder
hinter dem Horizont der Meere zu entdecken . . . .

. . starteten die erste Fahrt nach **Island,** mit vielen Abenteuern,

im Folgebuch **Teil 3** geht's dann nach **Grönland.**

Zwei Jahre versuchte der Autor sich mühsam im Selbstverlag -
seit Okt. 2017 erscheinen die o.g. drei Bücher bei BoD.

Die Abenteuer in jedem der neuen Länder folgen nun
<u>nach und nach</u> in Form weiterer Bücher :

unter "Ole, der Wikinger - umme Ärde" :
Teil 4 geht nach Neufundland . . . .
Teil 5 nach Amerika . . . . .
Teil 6 nach . . . . . .
Teil 7 . . . .
Und jedes Mal wird es wieder heißen:
„Leinen los und ab die Post in die nächsten Abenteuer!"

Antworten zu 2 Fragen :

Frage : Für welchen Leserkreis sind die Bücher gedacht ?

--- Ehemals als Buch für Kinder ab 8 Jahren gedacht, hat sich gezeigt, daß sich auch ältere Jugendliche in die Handlung der Bücher hinein versetzten und reges Interesse am Lesen haben.
Es wurde bisher auch deutlich, daß eine Menge Erwachsener - „deren Phantasie noch lebt „ - Abenteuer dieser Art und wie sie geschrieben sind, mit zunehmendem Interesse lesen oder vorlesen.

Frage : Wie hört sich das eigentlich an, wenn der Text im Originalton des Autors vorgelesen wird ?
Und was für einen Eindruck bekommt man, wenn der Autor beim Lesen auch noch zu sehen ist ?

--- Die ersten zwei Kapitel dieses Buches sind unter dem alten Buchtitel "Ole, der kleine Wikinger" auf "YouTube" zu sehen und zu hören .

--- Außerdem gibt es von Teil 1 und Teil 2 Hör-CD's, weitere werden folgen - erhältlich <u>nur</u> per Anfrage beim Autor :

Mail : **wikinger.kurt@freenet.de**

Eine Homepage ist in Vorbereitung :

(**www.ole-der-wikinger.de**)